地下室手记

［俄罗斯］陀思妥耶夫斯基　著

李　凤译

民主与建设出版社

·北京·

图书在版编目（CIP）数据

地下室手记 /（俄罗斯）陀思妥耶夫斯基著；李凤
译. --北京：民主与建设出版社，2022.12

ISBN 978-7-5139-4040-5

Ⅰ.①地⋯　Ⅱ.①陀⋯　②李⋯　Ⅲ.①长篇小说-俄
罗斯-近代　Ⅳ.①I512.44

中国版本图书馆CIP数据核字（2022）第219260号

地下室手记

DIXIASHI SHOUJI

著　　者	［俄罗斯］陀思妥耶夫斯基	
译　　者	李　凤	
责任编辑	吴优优　金　弦	
封面设计	海　凝	
出版发行	民主与建设出版社有限责任公司	
电　　话	（010）59417747　59419778	
社　　址	北京市海淀区西三环中路10号望海楼E座7层	
邮　　编	100142	
印　　刷	大厂回族自治县德诚印务有限公司	
版　　次	2022年12月第1版	
印　　次	2023年1月第1次印刷	
开　　本	880毫米×1230毫米　1/32	
印　　张	5.75	
字　　数	103千字	
书　　号	ISBN 978-7-5139-4040-5	
定　　价	49.80元	

注：如有印、装质量问题，请与出版社联系。

1864 年 3 月 20 日，陀思妥耶夫斯基在给哥哥的信中写道："我开始工作了，在写一篇小说……这篇小说的创作比我想象的困难得多。可同时又必须把它写好，我应该这么做。就基调来看，这篇小说非常怪异，它的风格犀利且荒诞，或许不会招人喜欢，但它会像诗歌那样经受住时间的考验。"

这本书就是《地下室手记》。

《地下室手记》是陀思妥耶夫斯基的一部具有划时代意义的作品。小说的中心围绕一个空头理论家展开，他是一个思想家，秉持着一套尽管怪异、反常，但自成整体的观点体系。陀思妥耶夫斯基并不与他所描写的"反英雄"志同道合，他的人物刻画精准、入神，小说主人公迥然不同于他其他众多长篇小说的主要人物。

相较于陀思妥耶夫斯基在 1861—1864 年完成的《冬天里的夏

日印象》，"地下室人物很好地展现了陀思妥耶夫斯基所刻画的'脱离土壤'的最终后果"，因此这个人物"不仅是一个揭发者，还是一个犯罪者"。用作者本人的原话说，他不是一个英雄，而是一个"反英雄"。地下室人在宣扬自由的同时，实际上为"免于选择、免于约束性的自由"而欢呼，他的自我中心主义源于"对生活的恐惧"。

许多在《地下室手记》中只简略概述的内容在陀思妥耶夫斯基随后的小说中，尤其是这部小说之后的第一部长篇小说《罪与罚》中，都得到了进一步发展。

本书保留了原著中的注解，同时译者在翻译的过程中进行了补充，文中以"译者注"的形式做了标记。

目
CONTENTS
录

Chapter

地下室 ①

---

①当然，《手记》的作者和《手记》本身纯属虚构。但是，如果结合我们所生存的社会环境来说，像《手记》作者（即文中第一人称"我"）这样的人，不仅可能，而且一定真实存在着。我想以一种别样的、更为显眼的方式将这个时代的典型人物之一带到大众面前，他是仍然在世的一代人的代表之一。在题为"地下室"的章节里，《手记》作者将介绍他自己和他的一些观点，似乎还想解释他的出现以及必然在我们之中出现的原因。这之后的另一章节才是真正的《手记》，该部分讲述了《手记》作者一生中的几件事。

——费多尔·陀思妥耶夫斯基

I

　　我是个有病的人……一个恶毒的人，相貌也不出众。我觉得我的肝脏出毛病了。然而，病到什么地步了，我不知道；我到底得了什么病，我也不知道。我没去看医生，也从来没去过，尽管我尊重医学和医生。同时，我还极其迷信；嗯，迷信到尊重医学。（正是为了不迷信，我接受了良好的教育，可我还是迷信。）不，先生们，我不想去找医生看病是出于恶意。没错，正是如此，你们可能无法理解。嗯，先生们，可我懂。当然，我也没法向你们解释清楚，在这种情况下我的恶意会惹恼谁；我非常清楚地知道，那些医生不会因为我不接受治疗而有所损失；我比任何人都清楚，这一切只会伤害我自己，而不会伤害到其他人。但我不接受治疗毕竟是出于恶意。既然这样的话，肝疼，就随它疼吧，疼得再厉害些吧！

　　我这样活着已经很长时间了——大概有二十年，现在我也四十岁了。我曾经在官署供职，但现在不了。我以前是个刻薄的官吏，言行粗鲁无理，甚至还乐此不疲。我那时候可从没收受过贿赂，哪怕我本就应该以此来犒劳我那劳累的工作。（这是一个蹩脚的笑话，但我不打算删掉它。我之所以把它写出来，是因为我觉得它一定会让人捧腹大笑，不过现在，我自己都看出来了，我不过是想卑鄙地炫耀一番——因此故意不删掉它！）当有人向我坐的那张桌子走来，找我办证件，而且一坐就是半晌时——我简直恨他们恨得咬牙切齿；而当我成功惹得别人不高兴时，我又感到一种冷酷的愉悦感，我也几乎总能做到。大部分人不敢有怨言：当然，毕竟他们是求人办事。但有一个军官我尤其讨厌，他总是一副威武自负的模样。他对我这套从不屈服，总是令人厌恶地将他的军刀弄得铮铮作响。就为了这把军刀，我和他斗了一年半。最后还是我赢了。他不再摆弄他的刀了。不过，这都是我年轻时候的事儿了。可是，各位，你们知道我最气什么吗？没错，问题就在于此，这是最恶心的事情：即使在最愤怒的时刻，我也会可耻地意识到，我不仅不是一个恶人，甚至都不是一个狠人，我只是徒劳地吓唬吓唬麻雀，以此自娱自乐罢了。在我激愤不已的时候，只要给我个洋娃娃、一杯加糖的茶，我可能就会冷静下来。我甚至会打从心底里觉得感动，虽然我可能恨自己恨得咬牙切齿，因为羞耻而失眠几个月，但这是我的习惯。

我之前诋毁自己，说自己是刻薄的官吏，不过是出于恶意胡说八道而已。我只是跟那些找我办证件的人和那个军官闹着玩而已，实际上我从来都不会变成一个刻薄的人。我常常意识到自己身上有很多与之对立的元素。我能感觉到，它们在我体内你推我揉地躁动个不停。我也知道，它们会在我的心头游走一辈子，试图冲破我对它们的桎梏，但我不让，不让它们出现，偏不让它们显露人前。我被它们折磨得羞愧难当，精神崩溃——最后我真的厌了，烦了！各位，你们是不是觉得我正在你们面前忏悔某件事？我正在请求你们的宽恕？……我敢肯定，你们是这么认为的……不过，请你们相信，不论你们怎么想，我都不在乎……

　　我不仅不会成为一个恶人，更不会成为任何一种人：既成不了恶人，也成不了善人；既成不了宵小之辈，也成不了正人君子；既成不了一方豪杰，也成不了一荫之草虫。现在，我就在这一方小角落里聊度余生，用充满恶意又徒然的安慰来自娱自乐：聪明人才不会一本正经地成为什么东西，只有傻瓜才会这么做。是的，先生们，十九世纪的聪明人应该，而且在道德层面上有义务成为一个多半没有个性的人；一个有性格的人，活动家——多数都不怎么聪明。这是我四十年来得出的结论。我现在已经四十岁了，要知道四十年就是一生啊，已经是行将就木之人了。四十岁以后的生活就不像样了，粗俗不堪，哪还有什么道德可言！哪些人的寿命超过了四十？——请各位实事求是地说。我来告诉你们有哪些人：傻瓜和坏蛋。我要把这些话面对面地告诉所有的老人，所有那些年高德劭的老人，所有那些白发苍苍、神采奕奕的老人！我要向全世界宣告这件事！我有权这么说，因为我会活到六十岁！活到七十岁！活到八十岁！……等一下！让我喘口气……

　　各位，也许你们觉得我只是想逗你们一乐？那你们可就错了，我绝不是你们想的那样，或者是你们可能以为的那样是一个非常快乐的人。但是，如果你们对我的这一堆废话感兴趣（而且我感觉你们已经开始感兴趣了），想问我：我到底是谁？那么我会告诉你们：一个八品文官是也。我任职只为了混口饭吃（但也仅此而已）。所以当去年一位远亲在遗嘱中给我留下六千卢布之后，我就马上退职并定居在了我现在的小角落里。以前这里是我的暂住地，但现在已经是我的长住地了。我的房间又脏又破，位于城市边缘。我的女仆是一个上了年纪的村妇，暴躁又愚昧，而且身上还总有一股臭味。有人跟我说，彼得堡的气候对我身体不好，而且靠我这点资产住在彼得堡远远不够。这些我都知道，比所有那些见多识广、足智多谋的谋士和那些首肯家们①更加清楚。但我还是要住在彼得堡，我决不会离开这里！我不走是因为……唉！要知道我离不离开，完全无所谓。

---

　　① 原文该词"покиватель"是陀思妥耶夫斯基从俗语"киватель"一词衍生出来的词，指以点头或递眼色向人示意的人。——译者注

然而，一个体面的人最爱说什么？

答：自己。

好吧，我就来说说我自己。

II

　　各位，我想告诉你们，为什么我连草虫也当不了，当然，不管你们想不想听，我都要说。我郑重地告诉你们，我无数次想做个草虫。但，我连这个都没做到。各位，我可以向你们发誓，拥有过多的意识——这是一种病，一种真正的、不折不扣的病。在日常生活中，人拥有一般的常识就够了，换句话说，在我们这个悲惨的十九世纪，这样的人占文明人的一半，或者四分之一就可以了，如果他还不幸地住在彼得堡，这个地球上最不现实、最蝇营狗苟的城市（常常有蝇营狗苟的城市和一派清明的城市），就更该如此了。例如，所有那些所谓注重实践的人和活动家们的常识对我们来说也完全够用了。我敢打赌，你们在想，我只是出于自大才写下这一切，想拿那些活动家逗逗趣儿，还将军刀弄得铮铮作响，就像那位军官一样。但是，各位，谁会拿自己的病态做噱头，来博得别人的关注呢？

不过，我又是个好东西吗？所有人都这么做，对自己的病态夸耀不已，而我可能更甚于此。不要争辩这个了，我的反驳也没有道理可言。但我仍坚信，不仅过多的意识是病，甚至每一种意识都是病。我十分确信这一点。我们先暂且将这一话题搁置一旁。请你们告诉我：为什么常有这样的时候，就像故意似的，就在那个，就在那个时候，就在我最能意识到我们曾说的"一切美与崇高"①的所有奥妙时，我却偏偏意识不到了，反而做出了一些粗鄙之事，就那些……嗯，总之，就是那些哪怕可能所有人都去做，为什么在我意识到完全不应该做那些事的时候，仿佛成心似的，我却偏偏做了呢？我越是意识到善和一切"美与崇高"，我就越是陷入自我的泥淖中，越陷越深。可关键是发生在我身上的一切似乎并非偶然，倒像是本来就应该如此。似乎这就是我最正常的状态，而绝不是一种病，也不是魔怔了，因此，末了我也没兴趣和这个邪门的事缠斗了。到最后，我几乎信

———

① 这一概念源于 18 世纪的一些美学著作，例如：埃德蒙·伯克的《关于我们崇高与美观念之根源的哲学探讨》（1757）、康德的《论优美感和崇高感》（1764）等。在俄国，1840 年至 1860 年对"纯艺术"美学再评价之后，这一概念便具有了某种讽刺意味。

了（又或者，实际上我已经信了），可能这就是我的正常状态。可起初，在一开始的时候，我在这个斗争中吃了多少苦啊！以前我并不相信其他人也是这样，因此整天将这件事当个秘密似的藏在心里，就这样藏了一辈子。我曾感到羞耻（甚至，我可能现在仍感到羞耻），以至于感觉到某种隐秘的、不正常的、卑劣的愉悦感。经常有这样的事，在某个丑恶无比的彼得堡之夜，当我回到我那一隅之地时，强烈地意识到，我今天又做了一件龌龊事，而且无法转圜了，心里先是感到隐隐的不安，然后这种不安慢慢地啃啮、撕扯着我，最后这种痛苦却变成了某种可耻的、该死的甜蜜，最后又变成了完完全全、切切实实的愉悦感！是的，愉悦感，它变成了一种愉悦感！我坚持这一点。我之所以说出来，是因为我总想弄清楚，其他人是不是也常感到这种愉悦感？我来向你们解释一下：这种愉悦感正是源于对自己所受屈辱清醒的意识；因为你们自己也能感觉到，已经走到了无路可走的境地；这个中滋味并不好受，但是除此之外又别无他法；没有别的出路，也永远成不了另外一种人；即便还有时间和信心可以改变为另外一种人，或许自己却不想了；而且即使想，或许也会一无所获，因为实际上也改变不了什么。而主要的是，这一切归根结底都是按照强烈意识的普通基本规律以及由这些规律而衍生的惰性发生的，因此您不仅不会有任何变化，甚至还会束手无策。最后，例如，由于强烈的意识：他的确是一个浑蛋，可如果连他自己都觉得他是一个彻彻底底的浑蛋的话，这似乎对他来说倒是一种安慰了。但是，够了……唉，我说了一大堆，又说明白什么了？……怎么解释这一愉悦感呢？但我还是要解释明白！索性打破砂锅"说"到底！正是为此我才拿起了笔……

例如，我太爱面子了，总是像个驼子或者矮子那样多疑，每天抱怨这抱怨那，但事实上，我常想，如果有人给我一记耳光的话，我还会为此感到高兴。我是认真的：或许我能够从中获得一种愉悦感，当然，这是一种绝望的愉悦感，但是在这种绝望中常常蕴含着最强烈的愉悦感，尤其是当您非常强烈地意识到目前自己正处在穷途末路的时候。可挨了这一记耳光，您又会有一种感觉，您变成了一摊油不拉几的东西。关键是，任您绞尽脑汁地想，得出的结论都只有一个——一切都是我的错，更令人难堪的是，根据自然规律，我是一个没做错任何事的罪人。首先，我的罪过在于我比我周遭的人聪明。（我常常认为自己比周围的人聪明，你们信吗？我有的时候甚至会为此感到难为情。至少，这一辈子，我从来都不敢直视别人的眼睛，总是望向一边。）最后，我之所以有罪，是因为假如我的确豁达，那我也会意识到这豁达所带来的种种无可奈何，也正是因为意识到这点更让我痛苦万分。或许，我会因为自己的豁达而一事无成：因为使我受屈的人可能会依据自然法则打我一顿，而对自然法则是不能宽恕的，所以我不能原谅；又因为哪怕遗忘也是自然法则，但终究很让人憋屈，所以我也遗忘不了。最后，即使我想做一个心胸狭隘的人，然后反过来去报复那些欺负我的人，但可能我谁也报复不了，因为我或许也难以下定决心去付诸行动。为什么下不了决心？关于这个，我想多说两句。

比方说，那些善于为自己讨回公道的人以及善于维护自己权益的人，他们是怎么做到的？假设，复仇的渴望一下子笼罩住他们，这时他们的世界里就只剩下复仇了。这样的先生会朝着目标一路冲过去，就像发疯的公牛似的，低着牛角向前冲，只有遇到墙才会停下来。（顺便一提，在这样一堵墙面前，那些先生们，也就是那些注重实践的人和活动家可真使不上力。对他们来说，墙并不是借口，可对我们这些只思考却不采取行动的人来说，未必；对他们来说，墙也不是半路折回的托词，但对于我们这样的人，虽然也不信这套，但是总会因为有这个托词而开心。不，他们是心悦诚服地低头。这堵墙对他们来说，具有某种令人心安的东西，具有遵道守德的终极力量，甚至还可能具有某种神秘的东西……不过，墙的事，我们稍后再说。）嗯，各位，我认为这些注重实践的人才是真实的、正常的人，大自然这位温柔的母亲正是因为想看见这样子的他，才如此慈爱地将他生育在世界上。我真是太嫉妒这样的人了。他愚不可及，我不打算和各位争辩这个，但是或许正常人就应该是愚蠢的，你们又怎么知道呢? 说不定，这甚至是一件极好的事。我更加坚信我的这一怀疑。例如，拿正常人的对立面来说，即那些具有强烈意识的人，当然，他并非大自然孕育而生，而是脱胎于蒸馏瓶 (这几乎是神秘主义了，各位，不过我也对此持怀疑态度)，这个蒸馏瓶人有时会屈服于他的对立面，以至于尽管有着强烈的意识，他却心悦诚服地将自己当成一只老鼠，而非一个人。可即便这是一只有着强烈意识的老鼠，但毕竟还是老鼠，而这里说的是人，所以……如此等等。关键是，他自己，自己非把自己当成一只老鼠，并没有人要求他这么做，这可是非常重要的一点。我们现在来看看这只正在行动的老鼠。例如，我们假设，它也被侮辱了（不过它总是觉得受到了侮辱，这几乎是家常便饭了），也想报复别人。它怒火中烧，就这样怒气越攒越多，比真实的、正常的人[1]还多。它想要以牙还牙地报复那些让自己受辱的人，这一卑鄙、低劣的愿望在它心里躁动不已，可能比在真实的、正常的人心中更低劣，因为自然的人和真实的人出于与生俱来的愚蠢，认为自己的报复是一件再简单不过的正义之事；而老鼠出于强烈的意识，却否认这一行为的正义性。终于到了行动的时候了，要开始实施报复了。除了一开始的卑劣，这只可怜的老鼠以问题和疑问的形式在其周围制造了许多其他的卑劣；在一个问题上又加上了很多悬而未决的问题，由于疑惑和不安它的周围又聚集了一摊摊恶臭无比的臭水洼、一堆堆臭气熏天的污泥，最后，还有那些以审判者和独裁者身份庄严地围着它、粗声粗气地嘲笑它的那些所谓注重实践的活动家们朝它啐出的口水。自然，它只能徒劳地挥几下自己的爪子，故作轻蔑地笑着，尽管它自己也不相信这里面能有几分真实，然后可耻地溜进了自己的老鼠洞里。在那里，在它那个肮脏无比、气味难闻的地下室里，我们那受尽屈辱、毒打和嘲笑的老鼠，立

---

[1] 这里，陀思妥耶夫斯基用的是让 - 雅克·卢梭（Jean-Jacques Rousseau，1712—1778）对人的一个简要概念，这个概念也曾出现在陀氏《冬天里的夏日印象》一书中，可能是在效仿海涅便也在作品中使用了卢梭的这一概念。

刻陷入了一种冰冷、恶毒，主要是无尽的愤恨中。它会一连四十年不断回想起自己所受的羞辱以及令其倍感屈辱的细节，而且靠自己的想象添一些更令自己耻辱的细节，更加发狠地戏弄自己、气自己。它自己也会为自己的想象感到羞耻，但终究还是把一切都记在心里，反复回味它们，它甚至还凭空捏造出一些事加进自己的回忆里，并借口这些事也有可能发生，因此它什么都不原谅。然后，它可能也会展开报复，但只是时不时地利用些鸡毛蒜皮的小事，躲在炉子后面，蹑手蹑脚地进行它的报复行动，或许它自己都不相信它有报复的能力，也不相信它可以报复成功，甚至它还可以预见，这一系列尝试报复的行为会让它自己吃够苦头，甚至比被它报复的人还遭罪，而对那个被报复的人来说，可能只是隔靴搔痒。在弥留之际，它又会想起这所有的一切，还有在这段时间里累积的利息……但正是在这冰冷、令人极端厌恶的半绝望和半信仰中，在这种因痛苦而清醒地将自己活生生埋葬在这地下室四十年的光阴中，在这为自己处境专门打造但仍破绽百出的走投无路中，在所有因避入内心深处的愿望不得满足而生的深入骨髓的怨怼中，在这不断刚下定决心下一刻又后悔的令人战栗的反复无常中——正是这些包含了我之前所说的愉悦感的精髓。这种愉悦感如此隐晦，以至于有时意识也拿它没辙，那些稍微不那么聪明的人或者拥有敏锐神经的普通人只会觉得它不可捉摸。"也许，那些从来没挨过耳光的人也会觉得它不可捉摸"，你们可能会咧着大嘴这么补充道，用这样的方式礼貌地暗示，我这一辈子说不定也挨过耳光，所以才能像个行家似的说话。我敢打赌，你们是这么想的。不过，各位，先少安毋躁，我没挨过耳光，无论你们怎么想，我都完全不在乎。或许，我自己也感到遗憾，因为我这辈子很少扇别人耳光。不过，够了，就让这个你们非常感兴趣的话题到此为止吧。

我继续平心静气地说说拥有敏锐神经但不理解那愉悦感之微妙的人吧。比如说，在某些特殊情况下，尽管这些先生像公牛般声嘶力竭地咆哮，我们姑且假设，这也许能给他们带来无上的荣誉，但是就像我之前所说，一旦面对不可能，他们就会立马温顺起来。不可能是不是就意味着一堵牢不可破的石墙？那么，这堵石墙又是什么呢？嗯，当然是自然法则，是自然科学的种种定论，是数学。例如，如果有人向您证明你是由猴子进化而来[1]，您也不必皱眉，接受就好了。如果再有人向您证明，实际

---

[1] 1864 年初，随着达尔文进化论的追随者托马斯·亨利·赫胥黎（1825—1895）的一本俄译版书籍——《人类在自然界的位置》在彼得堡出版，人们对人类起源问题的兴趣愈发强烈。不排除主人公的这句话是对瓦·安·扎依采夫的回应，扎依采夫曾发表一篇引起热议的文章，文中写道：不同种族的人起源于不同种类的猿猴。

上，对您来说，您身上的一滴油脂比别人身上同样的东西贵重数十万倍，世上所有的所谓美德、责任以及其他妄想和偏见最终都将陡然消弭，您也接受就好了，这没什么好辩驳的，因为二二得四是数学定律。你要想的话，可以试着反驳一下，不过也是白费。

"得了吧，"届时他们又会向您叫嚷道，"这根本没法反驳：这可是二二得四！自然法则可不会任您差遣，它不会管您的意愿如何，也不会管您是否喜欢它的法则，您必须接受它原本的样子，也要接受因此而引起的一切后果。那么墙也就只是墙……"诸如此类。上帝啊上帝，当我莫名地不喜欢这些法则和这个二二得四时，自然法则和算术又奈我何？自然，我的脑门是撞不倒这堵墙[①]的，纵使我实际上并没有那个能力，但我也不会让这事就这么过去，因为我遇到了一堵墙，而在它面前我只是蚍蜉撼树而已。

好像这一堵石墙真成了一种慰藉，其中也真蕴含了某种求和之意，而这仅仅因为它是二二得四。哈，真是荒谬中的荒谬！如果能把一切都了解清楚，把一切都弄明白，把一切不可能和石墙都弄个分明，那就好了；如果您对厌恶妥协的话，那就不要向任何一个不可能或者石墙低头；如果利用必然的最具逻辑性的判断，得出一个颠扑不破、最令人厌恶的结论，翻来覆去就一个：就连

　　[①] 陀氏这里的"墙"以及前文所述的自然法则和"二二得四"都暗指当时社会主流所倡导的"理性"文明。——译者注

那堵墙的存在似乎都是您自己的错，尽管显而易见，而且一目了然，您一点儿错都没有，也正因为如此您只能一声不吭、束手无策地咬牙切齿，在惰性中逐渐变得麻木不仁、放浪形骸起来，就连想出口气，可仔细一想，却发现您根本连个可以迁怒的人都没有；甚至连对象都找不到，或许永远也找不到。这里有移花接木，有颠倒黑白，有行奸卖诈，简直乱七八糟——既不知道什么是什么，也不知道谁是谁，可是尽管什么都不知道，但是非颠倒，您还是会感到痛苦，而且您越是什么都不知道，心里就越痛苦！

"哈哈哈！那么牙疼也能给你带来愉悦感啦！"你们一定会笑着喊道。

"那又怎么样？牙疼也是能带来愉悦感的，"我会这样回答，"我的牙曾疼了整整一个月；而且我知道，牙疼能带来一种它独有的愉悦感。当然，在这个时候您不会一声不吭地生闷气，而是会疼得哼哼个不停；但这可不是单纯的呻吟声，而是一种满含恶意的呻吟声，而这恶意才是关键所在。患者正是通过这呻吟声表达自己的愉悦感；如果在这呻吟声中，他感受不到任何愉悦感的话，也许他就不会呻吟了。这是一个很好的例子，各位，请听我继续说。首先，这呻吟声表现出您这牙疼得蛮横、霸道，同时让我们的意识饱受屈辱；这呻吟声又表明，大自然有其自身的规律，当然，您对此不以为然，但还是因这个规律而吃尽苦头，而它却安然无事。同时，这呻吟声也表达了一种意识，即你们找不到自己的敌人，只有挠人心肝的疼痛；你们还会意识到，你们和所有的瓦根海姆①都是牙齿的奴隶；只要有人愿意，你们的牙就能停止疼痛，如果那个人不愿意，你们的牙还会接着疼，一连疼上三个月；最后，如果你们还是不同意，仍旧不乐意的话，那么就只剩一条路了，要么鞭打自己一顿，要么狠狠地捶墙，除此之外，别无他法。也正是由于这些血的耻辱，正是由于这些来历不明的讥讽，你们终于感受到了愉悦感，有时甚至会演变成一种极致的快感。各位，我请求你们，有空听听那些十九世纪有教养的人因为牙疼而发出的呻吟声吧，不过要在他生病的第二天或者第三天，等到他不像第一天呻吟得

---

① 这里的瓦根海姆指牙医。据《圣彼得堡地址大全》记载，19世纪60年代中期，整个彼得堡有八位姓瓦根海姆的牙医。

那样厉害的时候，即不是因为牙疼而呻吟的时候；等他呻吟得不像个粗野莽夫，而像个接触过欧洲进步文明的人，像现在常说的'脱离了根基和人民基础'①的人那样时，他的呻吟声渐渐变成了某种恶劣、下流、恶毒的声音，而且没日没夜地哀号个没完。他自己心里也清楚，这些呻吟声不会给他带来任何好处，他比任何人都明白，他不过是枉然地折磨自己和其他人，气着别人也累着自己。他也知道，那些听到他哀号的听众和他的家人们，整日听着这声音，已经感到深恶痛绝，他们已经对他非常不耐烦了，他们心里清楚，他本可以用另外的呻吟声，就那种简单的呻吟声，不必这么做作和怪声怪气，他这样做完全是出于恶意，出于某种阴险的用意，才如此肆意妄为。您瞧，正是在所有这些意识和耻辱之中，他感受到了愉悦感。他说：'我打扰到你们了，让你们伤心了，让全家都没有安稳觉可睡了。那就请你们别睡了，请你们也感受感受我这每分每秒的牙疼吧。对于你们来说，现在的我已经不是过去那个我想充当的英雄了，仅仅是个讨厌鬼，是个无赖。那就随便啰! 我很高兴，你们终于了解我是什么人了。你们听到我那下流的呻吟声觉得恶心吗? 那你们就恶心去吧，我现在就让你们听听更恶心的声音……'各位，你们

---

① 陀氏于 19 世纪 60 年代创办《时间》和《时代》两种期刊，该表述在两期刊中非常典型，也经常出现。

现在还不明白吗? 不，看来要想弄清楚这一愉悦感的所有弯弯绕绕，你们还得继续努力提高修养和认知能力! 你们在笑? 我很高兴，各位，我的笑话是有点傻里傻气的，条理也不甚清晰，甚至前后也不连贯，说得我自己都不信自己了。但是，要知道，这是因为我自己都不尊重自己。可一个看透一切的人又能有多尊重自己呢?"

难道一个连自己的屈辱都能拿来寻乐子的人能够或多或少地尊重自己吗? 我现在这么说不是出于一种令人腻烦的忏悔之情，我只是很讨厌说:"请原谅我，神父，我再也不这样了。"这倒不是因为我不会说，正相反，或许正是因为我曾经太擅长说这句话了，没有谁能比我更会说。常有这样的事，当我一点儿错都没有的时候，却偏偏得这么说。真是令人作呕。而且这时候，我还会深受感动，懊悔不已，哭得上气不接下气，自然，我这是自欺欺人，虽然我也不是完全在装样子。心里不由得泛起阵阵厌恶……这个时候，甚至都不能怪自然法则，虽然就数它欺负我欺负得最狠，欺负了我一辈子。想起这件事我就觉得厌恶，更不必说当时有多厌恶了。我常常下一刻就开始恶毒地想，这所有的一切都是假的，都是谎言，令人厌恶的虚伪的谎言，说得更确切些，所有懊悔，所有感动，所有这些立志改正的誓言，通通都是假的。你们会问，我究竟为什么这么自暴自弃，折磨自己呢？答案就是：因为无所事事的日子太无聊了，所以就这样无病呻吟了一通。没错，就是这样。各位，你们最好仔细看看你们自己，那时你们就会明白，的确是这样。我曾经给自己编了个冒险故事，还凭空捏造出一套身世，只是为了调剂一下生活，聊以度日罢了。我已经不止一次这样做了——嗯，例如，我会装出一副委屈的样子，并不是真受委屈了，只是故意如此而已；你自己也知道，你的委屈经常来得没有缘由，你只是在装模作样罢了，可最后，竟真的，真感到委屈自己了。不知怎的，我这一辈子对这套小把戏就是玩不腻，到后来我已经控制不住自己了。有一回，我陷入了一场无法自拔的单相思，甚至还发生了两次。我当时痛苦极了，各位，是真的。虽然我的内心深处传来一道怀疑的声音——你也会痛苦？随即是一声嗤笑。可我毕竟非常痛苦，而且还是真真正正、实实在在地痛苦着。我嫉妒，嫉妒得发疯……这一切都是出于无聊，各位，所有都是出于无聊。同时，惰性也在推波助澜。要知道，惰性是意识最直接、最合理的果实，换句话说，惰性是一种有意识的无所事事。这一点，我前面已经提过了。我要再次强调：那些所谓注重实践的人和活动家们之所以如此斗志昂扬，是因为他们愚不可及。这该怎么解释呢？应该这样说：他们因为蠢，将表层原因、次要原因误当成根本原因，因此他们比其他人更快也更容易相信，他们已经找到了其伟业坚不可摧的基石，因此可以高枕无忧了，可这就是问题所在。要知道，为了开始行动，首先行事要十分坦然，不能有一丝一毫的犹豫不决。那么，举例来说，我是如何让自己心如止水的呢？我所说的根本原因是什么？它的基础又是什么？我是从哪儿找到它们的呢？——训练思维能力，因此，在我这里每一个根本原因都会带出一个更根本的原因，就这样无休无止。这正是每一种意识和思维的本质所在，或许这也是自然规律。那最后的结果是什么呢？完全一样。请你们回想下：我之前所说的关于报复的那些话。（你们可能也没明白是什么意思。）我说过，一个人要报复，是为了求一个公道。也就是说，他找到了根本原因，找到了它的基础，这就是：正义。所以，他心里彻底踏实了，也正因此他堂堂正正又十分成功地完成了自己的报复，因为他坚信，他正在做一件正直、正义的事。可是，我倒看不出有什么正义可言，也没发现有什么美德，因此，我觉得这只是一种出于恶意的报复行为而已。当然，恶意可以战胜一切，战胜我所有的犹豫不决，所以它完全可以顺利地取代那个根本原因，因为恶意并不是一个原因。可如果我连恶意都没有的话（我刚才就是从这点开始说的），又该如何？由于这些该死的意识规律，我的恶意再一次遭受化学分解。瞧啊，我那恶意直指的对象挥发了，理由也蒸发了，也找不到罪魁祸首了，委屈不是委屈，成了无可奈何的天意，从某方面来讲，这就像牙疼，没人有错，因此只剩下了那条老路——更加发狠地捶墙。你只好不了了之，因为你找不到根本原因。你可以试试由着感情指引，不要管各种言论，也不要管根本原因，干脆就将意识暂时丢开；恨也好，爱也好，只要不是无所事事地待着就行。到后天，这已经是最后的期限了，你会开始瞧不起自己，因为你知道你在自欺欺人。最后的结果：变得虚有其表、好吃懒做。唉，各位，要知道，或许我之所以以聪明人自居，是因为这一辈子一直游手好闲，什么都没做，也什么都做不成。就让我跟大家一样，当个假把式吧，一个没什么本事、令人生厌的假把式。但是，如果每一个聪明人直接且唯一的用途就是说空话，也就是故意用空话回应空话，那该怎么办？

VI

　　唉，假如我只是因为懒惰才无所事事那就好了。上帝啊，那我该多尊敬自己啊。我之所以会尊敬自己，是因为我身上至少还拥有懒惰；至少我可以确定它的存在，并为其感到自豪。别人要是问：这是谁？就可以回答：一个懒汉。要知道，听到这样的评价，我可是十分开心的。这意味着，我被肯定了，也就是说，关于我这个人就有话说了。"懒汉!"——这可是一个头衔，是一项使命，它是一项事业。你们哪，可别拿这个开玩笑，真是这么回事。那我就有资格成为超级无敌厉害俱乐部的正式会员，并且只做一件事，那就是不停地敬佩自己。我认识一位先生，他一辈子都以自己是品鉴拉斐特酒的行家里手为傲。他将这个视为自己一大长处，且从不怀疑自己。他去世的时候，不仅心安理得，且俯仰无愧，他这样想完全正确。那时候，如果让我选一个职业的话，我会选懒汉和饭桶，还不是普通的那种，而是，比如说，追求一切美和崇高的懒汉和饭桶。你们呢？我早就这样想了。在我行将四十岁时，这"美与崇高"猛地压上我的后脑勺；但这是我四十岁以后的事了，可到那时候——哈，那时候就是另外一番样子了！我会立刻给自己找个合适的事——说白了就是为一切美与崇高而举杯高歌。我会利用一切机会，先往自己的酒里滴几滴眼泪，然后将它全数喝下，敬这一切美与崇高。那时，我一定会将世间一切都变为"美与崇高"；我会在污浊不堪、杂乱不已的破烂中翻寻出那美与崇高所在。我会像一块湿答答的海绵那样变得泪眼汪汪。例如，一位画家画了幅盖伊①的画，我会立刻为这位画家的健康而举杯欢呼，因为我爱这世间的一切美与崇高。一位作者写了《随他吧》②一文，我会立马为这"随他吧"而干一杯，因为我爱这世间的一切"美与崇高"。为此，我要求别人尊重我，如果有谁敢不尊重我，我一定会追究到底。活得安然，死得昂扬——要知道，这才是真正的美好，可谓至善至美啊！那时我会变得大腹便便，长出三层下巴，甚至还有了酒糟鼻③，因此任何遇见我的人都会看着我说："真好啊！这才

①尼古拉·尼古拉耶维奇·盖伊（1831—1894），俄罗斯艺术家，历史画家，肖像画家，风景画家。这里指盖伊的画作《最后的晚餐》，该画于1863年科学院的秋季展览会上展出后引起热烈的讨论。萨尔蒂科夫－谢德林高度赞扬这一画作，而陀思妥耶夫斯基则持相反的看法，在他看来，"画里表现出做作和偏见，而一切做作都是虚伪的，都已经完全不是现实主义的了"，陀氏在这里实为嘲讽。

②作者是萨尔蒂科夫－谢德林，该文章发表于《现代人》杂志1863年第7期，这里陀氏是在表达对这篇文章的嘲讽。——译者注

③由于喝酒等原因引起鼻翼皮肤毛细血管扩张，又被称为红鼻子、红鼻头。——译者注

是真正地活着啊!"各位，随便你们怎么想，要知道，在这样一个充满否定的时代，听到这样的评价还是很令人高兴的。

VII

但是，这都只是美梦而已。哎，你们说，是谁第一个公布，又是谁第一个宣扬了这件事：说一个人之所以老干坏事，是因为对其真正的利益没有清晰的认识；还说，如果向他传授文化知识，让他看到真正的、正常的利益，那么这个人会立马停止作恶，转而开始行善，因为，作为一个受过教育的文明人，他已经懂得了什么是他真正的利益，正是在行善事中看到其切身利益所在，因为，众所周知，无利不起早，所以，他就是为这个才做好事的? 真是个孩子啊! 多么天真无邪的孩子啊! 首先，在这几千年的历史中，何曾有人仅为了自己的切身利益而行事的? 数不清的现实证明，人们虽然清楚自己切身利益所在，却还是将其搁置一旁，反而投身于另一条充满风险、全凭运气的道路，这并不是受到任何人、任何事的挟制，似乎仅仅是因为不愿走一条既定的路，而偏强、一意孤行地开辟另一条困难重重、世人所不理解的路，在近乎黑暗中摸索着前进。要知道，这意味着，他们是真觉得，这顽固和一意孤行比任何利益更使他们快乐……利益！什么是利益？你们能十分准确地给它下个定义吗？那么全人类的利益又是什么？如果人类的利益有时候不仅可能，而且甚至应该在另外一种情况下处在不利而非有利的位置，那该怎么办呢？可如果这样的话，如果一旦发生这样的事，那么整个规则就都化为乌有了。你们觉得呢？常有这样的事吗？你们在笑，那就笑吧，各位，不过请问：人类的利益计算得完全准确吗？是否有这样一些利益，它们不仅没有被归类，也无法归入任何一类？要知道，各位，据我所知，你们的整个人类利益清单是自统计学数字和经济学公式中取出的平均值。要知道，你们所说的利益就是幸福、财富、自由、安宁等；因此，比如说，一个人要是公然故意逆着人类利益清单行事，在你们看来，当然，我也这么认为，他是一个蒙昧主义者①，又或者就是一个彻头彻尾的疯子，不是吗？但是令人惊讶的是：为什么会发生这样的事，即所有这些统计学家、智者以及热爱人类的人在计算

————

　① 这类人反对理性、反对科学，认为人类社会的种种罪恶都是文明和科学发展的结果，主张恢复到原始的蒙昧状态。——译者注

人类利益的时候，总会漏掉一个？甚至在计算时也不将它以应有的样子纳入计算，而这本是整个计算准确的关键。其实也不打紧，只要把它，把这一项利益加进清单就好了。可糟糕的是，这项神秘的利益并不能归入任何一个类别中，因此也就不能被纳入任何清单里。例如，我有一个朋友……唉，各位，要知道，他也是你们的朋友，他跟谁不是朋友呢！在做一件事时，这位先生会一边做准备工作，一边迫不及待又滔滔不绝地向你们讲述他要怎么按照理性和真理的规律去付诸行动。而且他还会激动地、充满激情地跟你们说什么是真正的、正常的人类利益；他还会嘲讽那些目光短浅的蠢货，嘲讽他们既不懂得自己的切身利益所在，又不懂得美德的真正意义；可片刻之后，没有任何突然的外在原因，而是出于内在的、强于其所有利益的某种缘由，突然一反常态，做出一个荒唐的举动，而且与其先前所说完全相反：既违反理性规律，又与切身利益背道而驰，嗯，总之，与一切都相悖……事先声明，"我朋友"是一个集合名词，因此从某种程度上来说，很难仅仅责怪他一个人。问题就在这里，各位，是否存在某种事实上对每个人来说比其利益更珍贵的东西，或者（为了不破坏逻辑）有这样一种最有利的利益（就是我们之前提过的被漏掉的利益），它比所有其他的利益更要紧、更有用，为了它，如果需要的话，一个人会不惜违背所有的规律、法则，也就是违背理性、荣誉、安宁、幸福——总之，逆着所有这些美好和有益处的东西来，只要能够得到这个他视为珍宝的、初始的、最有利的利益就行。

"可，那毕竟也是利益呀，"你们一定会插嘴说，"请见谅，您啊，听我慢慢说，再说关键也并不在于简单的文字游戏，而在于这一利益的特别地位，因为它破坏了我们的所有分类范畴，破坏了由热爱人类的那些人为人类幸福而构建的所有制度，并且常使其崩溃瓦解。简而言之，它影响着一切。但是，在我向各位说明这个利益是什么之前，我想厚颜大胆地宣布，所有这些极好的制度以及所有这些向人类解释其真正、正常利益的理论，它们的目的都是在达到利益的同时，紧接着让人们变得善良、高尚，而这在我看来，暂时只是一套高谈阔论罢了! 没错，各位，就是高谈阔论! 要知道，即使建立一个通过人类自身利益来革新全人类的理论，在我看来，几乎都没什么区别……比如，即使我们紧跟巴克尔之后断言，人会由于文明而变得温和，因此不再凶残，也不再好战。①从逻辑的观点看，他似乎说得也有道理。但人是如此偏爱制度和抽象的结论，以至于故意歪曲真理，做出一副充耳不闻的样子，只要证明自己的逻辑是正确

---

① 亨利·托马斯·巴克尔（1821—1862），英国历史学家、实证主义社会学家，在其所著的《英国文明史》（1857—1861）中提出，文明的发展将终止民族间战争。

的就行。我之所以举这个例子，是因为它太典型了。请你们看看周围：血流成河，大家却对此欢呼不已，仿佛在开香槟似的。这就是我们的十九世纪，这个巴克尔生活的时代。还有拿破仑——那个伟大的拿破仑以及现在这一个。[①]你们再看看北美[②]——这个永远的联盟。最后，你们再看看那个闹哄哄的石勒苏益格 - 荷尔斯泰因[③]……文明到底让我们哪儿变温和了? 文明只是让人们发展出了感觉的多面性和……再无其他。而通过发展感觉的多面性，大概人们就是这样进入了在鲜血中寻求愉悦感的新阶段。要知道，这对他们来说已经不是一件新鲜事了。你们发现没，那些嗜血的屠杀者几乎都是最文明的先生们，甚至有时所有那些形形色色的阿提拉们和斯捷潘·拉辛们[④]，都不可与其比肩，如果他们不像阿提拉和斯坚卡·拉辛那样显眼，那也只是

① 这里指的是法国史上的两位皇帝，分别指法国皇帝拿破仑一世（1769 — 1831）和拿破仑三世（1808—1873），他们两人在位时都曾多次发动战争。

② 这里指的是在美国北部于 1861 年至 1865 年间爆发的反奴隶主、呼吁取消奴隶制的美国南北战争。

③ 石勒苏益格原为公国，与荷尔斯泰因原为两个独立的地区。1386 年两地统一，1460 年同丹麦合并为君国。此处指 1863 年至 1864 年普鲁士和奥地利同丹麦为争夺这个地方进行过一场战争，战后该地分属普鲁士与奥地利，1949 年后成为联邦德国的一个州。——译者注

④ 阿提拉（? —453），匈奴王，曾率军远征拜占庭，入侵巴尔干、高卢等地。斯捷潘·季莫费耶维奇·拉辛（约 1630—1671），顿河哥萨克人，于 1667—1671 年领导了俄国的农民战争。

因为这样的人太常见了，到处都是，人们已经司空见惯了。如果一个人没有因为文明的发展而变得更加凶残的话，那么相较于过去至少在这凶残的基础上会变得更坏、更可恶。过去他把屠杀视作正义的行为，因此问心无愧地诛杀他认为应该诛杀的对象；可现在，尽管我们认为屠杀是一种恶，但我们还是继续作恶，甚至与过去相比，有过之而无不及。哪种更可恶呢？你们自己评判吧。据说，克利奥帕特拉①（请原谅我从罗马历史中选的这个例子）喜欢用金针刺她女奴的乳房，看着她们尖叫和抽搐，以此获得莫大的乐趣。你们会说，这一切发生在相对野蛮的时代，不过现在也是野蛮的时代，因为（也是相对来说）现在也有用针刺人的事发生；哪怕现在人被教会了如何看得比野蛮时代更清楚，但远远没有养成跟随理性和科学指引的那样去行事的习惯。但你们还是坚信，他一定会养成这个习惯，当那些由来已久的坏习惯完全消失，健全的理智和科学将人彻底改造过来，将他引入正途，他就一定能养成理性行事的习惯。你们坚信，到那时人就会自发地停止犯错了，并且，这么说吧，人会不由自主地不再将自己的意志和自身利益分隔开了。除此之外，到时你们会说，科学本身就能教会人们一个道理（尽管在我看来，

---

① 普托洛梅耶夫王朝时期的埃及女皇（约前 69—前 30），她的名字常常出现在 1861 年的出版物中。

这不过是奢望）：他实际上既不能跟随本心，也不能任性妄为，尽管他也从未这样活过，他不过就像一枚琴键又或者管风琴中一个小小的音栓而已；①除此之外，世界上还有自然规律。因此他不管做什么，根本不是出于他自己的意愿，而是按照自然规律自然而然地进行。所以，只要去发现这些规律就行了，人就不用对自己的行为负责，那他的生活会很轻松。到那时，人类所有的行为自然都能根据数学规律（就像按照对数表查对数那样）计算出来，直到达到十万零八千，然后再计入历书之中；或者比这更好的是，将出现一些权威出版物，就像现在的百科辞典那样，所有事物都被准确地列在其中，再加上详细的说明，这样世界上就不会有任何出乎意料的行为和事情了。"

那时（这都是你们说的）就会出现新的经济关系，一种完全现成且借用数学方法已经精确计算好了的经济关系，各种各样的问题因而也就在刹那间消失了，因为它们其实已经有了各种各样的答案。那时就可以建造出一座水晶宫②了。那时……嗯，

---

① 法国哲学家、启蒙思想家、唯物主义者狄德罗（1713—1784）在其著作《达朗贝和狄德罗的谈话》（1769）中说过这样的话："我们就是些被赋予感情和记忆的乐器，我们的感官就是琴键，我们的大自然弹奏它，它自己也常常自弹自唱……"

② 在尼·加·车尔尼雪夫斯基的小说《怎么办？》中，"薇拉的第四个梦"一章里曾出现有关"水晶宫"的描写，它被描述为一座用铁和水晶建筑的宫殿，正如夏·傅立叶所想象的那样（详见其《世界统一论》，1841 年）：社会主义社会的人们生活在那里。这座宫殿的原型是伦敦（建于 1851 年）的水晶宫。

总之，那时候会飞来一只可汗鸟①。当然，谁也无法保证（我现在也这么说），那时候，比如，人不会觉得一切都索然无味（因为什么都是根据表格计算，还能做什么呢），不过所有事都会非常理性地进行就是了。当然，人如果无聊了，又有什么是想不出来的！要知道，那些金针不正是主人出于无聊才扎进别人身体里的吗？不过这也没什么。糟糕的是（这还是我说的），就怕人们被金针刺还高兴得不行。要知道，人总是愚蠢的，而且蠢得出奇。换句话说，哪怕他一点儿也不蠢，那也是个背信弃义之人，这个世上再找不到和他一样的人。要知道，出现这样的事情，我一点儿也不惊讶。比如说，如果在推崇理性的未来，突然从天而降一位其貌不扬的绅士，或许更应该说，他总是一副桀骜不驯、满面讥讽的样子，两手叉着腰，跟我们说：怎么，各位，要不我们把这整个理性撇到一边去，让它去它的吧，怎么样，我们让所有的对数表都见鬼去吧，让我们重新由着我们愚蠢的意志活下去！这倒也没什么，但可气的是，他一定能找到追随者：人生来如此。所有这一切都是源于一个最无聊的原因，而这原因似乎都不值一提：因为一个人，不论何时何地，不论他是谁，都喜欢做自己想做的事，而不是受理智和利益的驱使去做不想做的事；他的"想"可能会违背他自身的利益，甚至

———

① 根据民间传闻，这种神奇的鸟能给人带来幸福。

有时候一定会违背（这已经是我的观点了）。不想约束自我、放任自我恣意行事，以及有时被刺激得甚至近乎疯狂的自己的想象——这一切正是那个被忽略掉的最有利的利益，那个无法被归入任何一个类别的利益，那个所有制度和理论常因它而土崩瓦解的利益。这些贤者们一致认为，每一个人都需要某种正常的、某种高尚的愿望，他们从何而来的依据呢？他们又凭什么认为，每一个人都必须有一个合乎理性、有利可图的愿望呢？一个人仅仅需要一个独立的愿望，不论实现这愿望要付出多大代价，也不论这独立会将他引向何处。要知道，愿望这事只有鬼才知道……

"哈哈哈！要知道愿望这事，实际上，如果您想的话，也可以不存在！"你们一定会哈哈大笑地打断我，"迄今为止，科学甚至把人都研究得明明白白了，所以现在我们知道愿望和所谓的自由意志不过是……"

"等一下，各位，我本来也想这么说的。我得承认，我害怕了。我刚才都想喊出声来，鬼才知道愿望取决于什么，这大概得归功于上帝，我想起了科学……"不知怎的，到了嘴边的话又说不出来了。而这时你们开始说了起来。要知道事实上，如果有一天人们真能发现我们所有的愿望和所有突发奇想的规律，也就是它们依赖于什么而存在，它们的产生遵循哪些规律，它们是如何变化的，它们在这样那样的情况下趋向如何，等等，总之，就是找到一个真正的数学公式——要知道，到那时人们可能就不会有什么愿望了，而且，大概也不会再有什么愿望了。谁愿意老是根据对数表来看愿望这事呢? 而且，他还会从一个人立刻变成管风琴的一根音栓或者类似的东西; 因为像这样一个无欲无求、没有意志和愿望的人还是人吗? 不正像管风琴里一个个小小的音栓吗? 你们觉得呢? 我们来算算可能性，看这会不会发生?

"嗯……"你们肯定道，"由于我们对自己利益的错误认识，我们的大部分愿望也都是错误的。因此我们有时候喜欢听一些胡言乱语，因为由于自身的愚蠢，我们在这些废话中看到了一条最便捷的捷径，一条通往获得某些既定利益的捷径。那么，当这一切在纸上被一一说明、一一计算出来(这很有可能，因为一开始就认定人永远也无法认识某些自然规律，这多让人烦得慌，而且也很无趣），那么到时候，自然就不会有所谓的愿望了。要知道，如果愿望什么时候和理智串通一气，届时我们也只会嘴上说两句，而不会想去做什么了，因为，举个例子来说，我们无法在保持理智的同时，又想做些无意义的事情，这样的话不就是明知不可为而故意为之，逆着理性行事，给自己添堵吗……因为所有的愿望和论断可能都已经被计算好了，因为总有一天人们会发现我们所谓的自由意志的规律，这样一来，说真的，那时还真可以建立一个对数表之类的东西，因此我们的愿望可能真的可以按照这个对数表来了。要知道，举个例子来说，在以后某个时间人们为我计算好并向我证明，如果我握住拳头，对着某个人将拇指从食指与中指中间伸出来①，因为我不能不这么做，而且必须向某人竖这个手指头，这时我何谈什么自由？尤其我还是个学者，还毕业于某某大学？要知道，那时候我就能提前算好我未来三十年的整个生活了；总之，如果真的有了这张表，那我们就无事可做了，反正不论好赖，我们都得接受。我们还得不厌其烦地给自己洗脑，说一定会在某个时间，在某些情况下，大自然不会询问我们的意见；我们应该接受大自然的本来面目，而非我们想象中的它，如果我们真按照对数表和历书做事，那么……哪怕就按蒸馏瓶行事，那又能怎么办，也只

---

① 在俄罗斯，这是表示轻蔑拒绝或嘲弄的一种手势。——译者注

能接受它了！而且，没有你们，蒸馏瓶也照样会被接受……"

"是啊，各位，但这正是我想不通的地方！各位，请你们见谅，我说起哲理了；因为我在地下室住了整整四十年！请允许我幻想一下。你们看啊：理性，各位，要知道它的确是个好东西，这无可争议，但是，理性也只是理性而已，它仅仅满足一个人的理性能力，而愿望却是整个生命的体现，即整个人的整个生命的体现，既有理性，又有一切手足无措。哪怕我们的生命在这个体现中常常显得非常糟糕，但这毕竟还是生命，而不仅仅是一个开方求得的平方根。举个例子来说，我之所以要活下去，自然是为了满足我所有的生命机能，而不是为了仅仅满足我的理性能力，即不是为了仅仅满足我生命机能的二十分之一而活着。理性又知道什么呢？理性只知道它已经知道的东西，（除此之外，可能永远也不会再知道别的什么了；这虽然不是一种慰藉，但为什么不把这一点说出来呢？）可是人的整个天性在活动着，这里面所有的一切，有意识的和无意识的，哪怕在胡作非为，它毕竟也是活着。各位，我怀疑你们正不胜慨叹地看着我，你们一定会一再跟我说，一个受过教育和有修养的人，总之，一个未来的人绝不会做一些明知会损害自己利益的事情，这就像数学定律一样，没什么可说的。我完全同意，这的确是数学。但是我要向你们再重申一百次，只有一种情况，只有在这种情况下，一个人可以故意地、有意识地希望自己不好，希望自己出糗，甚至是出大糗，这就是：有权希望自己能够做甚至最蠢的事情，而不是仅仅将希望自己行事聪明变成一项约束自己的义务。要知道，那些愚蠢无比的事才是他们真正想要随心所欲做的事，各位，说不定对于我们来说，这才是世界上最有利的事情，特别是在某些情况下。特别是，在这样的情况下，它不但给我们带来明显的危害，而且还违背理性是否对我们有益处的结论，但它也可以是对我们来说更有利的利益，因为不论在什么情况下，它都为我们保留了最重要、最珍贵的东西，也就是我们的人格和我们的个性。于是另外一些人就说，这对于人的确是珍贵不已的东西；愿望，当然，如果愿意的话，也可以和理性一致，尤其是不乱用它，而是有节制地使用它；这不但大有裨益，有时甚至还应得到赞赏。但是愿望常常，甚至是绝大多数情况下与理性南辕北辙，而且……而且……而且你们知道吗，这不但有益，甚至有的时候还值得表彰？各位，我们不妨假设，人并不蠢。（的确，无论如何也不能这样说他，况且如果他蠢的话，那谁聪明呢？）但是，如果他不蠢，那也是个极其可恶的背信弃义之徒！世间罕有的背信弃义之徒！我甚至觉得，人的最准确的定义就是：一种长了两只脚的、背信弃义的动物。但这还没完；这还不是人的主要缺点；他最主要的缺点就是始终如一的卑鄙，就像家常便饭似的，从远古洪水时期，到对人类命运产生重大影响的石勒苏益格－荷尔斯泰因时期，一直都是如此。德行浅薄，也就滋生了不明智；因为人的不明智无非源于他低劣的道德品质，这一点人们早就知晓了。你们不妨看看人类的整个历史；嗯，你们看见了什么？波澜壮阔？或许吧，的确波澜壮阔；单是罗得岛上的那座巨像①就值得连声歌颂！难怪阿纳耶夫斯基先生如此说它：有些人说，这座巨像是人为雕刻出来的作品，另外一些人则认为，它是大自然的鬼斧神工。绚烂多彩？或许吧，的确绚烂多彩；只需要看看各个朝代和各个民族武官与文官的制服就可以看出来了，单是这点就值得高声称赞，而那五颜六色、绚丽的文官制服更是叫人眼花缭乱，对着它们，哪怕是历史学家也会愁得直喊天爷。单调吗？或许吧，的确单调，一直在进行战争，打来打去，现在在打，过去也打，未来还要打——你们得承认，这也太单调了。总而言之，最混乱的想象所能想到的一切都可以用来形容世界历史。只有一句话不行，那就是：历史是理性的。你们要是这么说，刚说一句就会被人呛回去。甚至还常常会遇到这样一些事儿：要知道，生活

---

① 罗得岛太阳神铜像，是太阳神赫利俄斯的青铜像，曾经矗立在希腊罗得岛的罗得港港口，是世界七大奇迹之一，约建于公元前 292 年至前 280 年，高约 33 米，公元前 225 年由于强烈地震被毁。——译者注

中总有这样一些品德高尚、聪明伶俐的人，这样一些智者和热
爱人类的人，他们这一辈子的目标就是尽可能做到言正身正、理
智行事，这样说吧，努力做一束光，照亮身边的人，其实就是
为了向别人证明，一个人在这个世界上的确可以道德高尚、充满
理性地活着。结果呢？众所周知，这些所谓热爱人类的人，或
早或晚，在生命临近终点的时候，大多数人都被生活改变了初
衷，闹出了丑闻，有时候甚至还是最丑陋不堪的丑闻。现在我
要请教各位：你们能指望一个具有这样古怪品质的人做什么呢？
你们给他世间一切好处，让他整个人沉醉在幸福中，就像浸在
水中似的，只有些泡泡从这幸福的表面冒出来。经济上，你们
让他富裕得什么都不用做，只用睡觉，吃蜜糖饼干，还有为了不
让世界史①中断而忙活个不停。可他却会，就这个人，他却会马
上背叛你们，仅仅出于忘恩负义，出于纯粹的污蔑而为非作歹，
甚至还冒着失去蜜糖饼干的风险，故意恶毒地胡说八道，说些
不会为他带来任何实际好处的废话，他这样做只是为了在所有
值得赞许的理性里掺入他那令人生厌的幻想元素。他之所以非
得坚持他那荒谬的幻想，坚持他那极其卑鄙的愚蠢，只是为了
向自己证明（好像这有多必要似的），人终究是人，而不是钢琴
上的琴键，任自然规律肆意弹奏，但这种肆意可能产生一种危

① 指人类繁衍。——译者注

险，即如果没有日程表的话，人们就什么也不想做，也什么都做不成。而且更有甚者，哪怕他真的成了钢琴上的一枚琴键，哪怕别人也用自然科学和数学规律证明了这一点，他也不会醒悟过来，反而会故意对着干，仅仅出于他那忘恩负义的本性，非要按自己的想法来。而当他束手无策的时候，就会想办法搞破坏和制造混乱，制造出各种各样的痛苦，一意孤行到底！然后诅咒全世界，因为只有人才能诅咒（这是人与其他动物最主要的区别），要知道，他可能仅靠一个诅咒就能达到自己的目的，也就是说，这正说明他是一个真真正正的人，而不是钢琴上的一枚琴键！如果你们说，一切都能根据对数表计算出来——那些混乱、那些痛苦、那些诅咒，那也就可能通过预先计算，避免一切的发生，届时理性就占据了上风——在这种情况下，人会故意变成一个疯子，为的就是舍弃理性，按照自己的想法来做事！我相信这一点，并为我自己说的话负责，因为，要知道，人类的所有问题似乎都是为了每时每刻向自己证明，他是真真正正的人，而不是受人摆弄的一枚琴键！哪怕挨揍，也要证明；哪怕被讽刺，说他粗野无比，也要证明。而在这之后，他怎么能不胡作非为，他怎么能不夸耀，说什么这还没发生，说愿望暂时只有鬼知道取决于什么……"

你们会向我嚷嚷（只要你们还愿意屈尊向我嚷的话），说这里可没人剥夺我的意志呀，说人们都忙着想办法让我的意志自觉地与我的正常利益重合，与自然规律和算数相一致。

"唉，各位，当一切事情按照对数表和算数进行的时候，当二二得四的规律风行的时候，又从何谈自身意志呢？不论我愿意不愿意，二二都得四。难道这就是所谓的自由意志!"

各位，我当然是在开玩笑，我自己知道，这个玩笑不怎么好笑，但是，要知道，不能把这些全都当成玩笑看待。可能我是咬牙切齿地说出这个玩笑的。各位，有一些问题一直折磨着我，请你们为我解答。例如，你们想让人摆脱由来已久的陋习，想要纠正他的意志，使之符合科学和健全思维的要求。但是你们怎么知道，人的意志不仅可以而且也必须要纠正呢？你们从何处得来的结论，人的愿望一定要这样纠正呢？简而言之，你们怎么知道，如此纠正真会让人得益呢？那就都说了吧，为什么你们如此胸有成竹，如果不违背那些得到理性和算数的论据保障的真正的、正常的利益，这真的对人永远有利吗？有一种适用于全人类的法则吗？要知道，这暂时只是你们的一个假设。我们不妨假设，这个法则是一个逻辑定律，但是，或许它根本就不是人类的逻辑定律。各位，你们是不是觉得我是个疯子？请允许我多说一句，我同意人是动物，是一种多数具有创造力的动物，注定要自觉地追求目标和开展工程艺术活动的动物，也就是说，他会不停地为自己开辟新的道路，尽管这条路不知通向何方。但是他之所以有时候突然想要拐向另一边，开辟新的道路，也许是因为他注定是新路的开辟者，可能还因为那些注重实践的活动家们无论多蠢，终究还是会意识到，原来路几乎总是通向一个不知名的地方，可关键不是它通向哪儿，而在于它一直在往前走，在于让那些藐视工程艺术、品行端正的孩子们不要耽于那无益的游手好闲之中，众所周知，这游手好闲可是所有罪恶的源头。人总是喜欢推陈出新，喜欢积极开拓，这一点无可非议。但为什么他也近乎狂热地喜欢搞破坏和制造混乱呢？你们倒是说说看，这是为什么！不过关于这件事，我自己有两句话想单独说说。他之所以如此喜欢搞破坏和制造混乱（要知道这没什么好辩驳的，他有的时候就是非常喜欢，事实如此），难不成是因为他下意识害怕达到目标，害怕建成他要建的大厦？你们又怎么知道，或许他只是喜欢从远处观望那座大厦，而绝非喜欢在近处端详；或许，他只是喜欢建大厦，而不喜欢住在里面，宁可以后把它让给家里的动物们住，比如蚂蚁、绵羊等。不过蚂蚁的大厦可完全是另外一个风格。它们的大厦——蚁穴都大致相同，其构造巧夺天工，牢不可破。

这些可敬的蚂蚁在蚁穴开始它们的一生，大概，也会在蚁穴到达其生命的终点，这为它们一直以来的勤勤恳恳带来莫大的荣誉。但是人却是一种轻浮、登不得大雅之堂的生物，或许就像棋手似的，只喜欢达到目的的过程，至于要达到什么目的，他根本不在乎。而且，谁知道呢（也没法保证），或许，人类在这个世界上竭力追求达到的整个目的仅在于这个一直努力的过程，换句话说，在于生活本身，而不在于目的，而这个目的，不必多说，无非就是二二得四，也就是一个公式，可是要知道，二二得四已经不是生活了，各位，是死亡的开始了。至少，人总是莫名地害怕这个二二得四，我就连现在也怕。我们不妨假设，人们只知道找寻这些二二得四，为此跋山涉水、牺牲生命，只为找到它们，但是，找到它们，真的找到它们了——说真的，他又有点害怕。因为他有一种感觉，一旦找到了，到那时就再没什么东西可以寻找了。干完活儿的工人们至少还有钱能拿，有酒可喝，还能去警察局走一遭——这是他们一个星期要做的事。可人又能去哪呢？至少每次做完这样的事时，在他的脸上总能看到一种难堪。他喜欢达到目的的过程，但不那么喜欢达成目的，当然，这很可笑。总之，人生来就是喜剧的，而在其中，自然也就包含了滑稽的情节。但这二二得四——毕竟是个令人厌恶的东西。要知道二二得四——在我看来，就是个彻头彻尾的无赖。它不可一世地看着你，双手叉腰地横在路中间，挡住你的去路，往你的脸上吐唾沫。我同意二二得四是个非常好的东西，但是既然什么都得赞扬一番的话，那二二得五——有时候不也是个非常可爱的小东西。

而且你们为什么如此坚定、如此一本正经地相信，只有一种正常和正面的东西呢？换句话说，只有幸福才对人有利？难道理性在利益这事上不会出错吗？要知道，或许人不仅喜欢享福呢？或许，他也喜欢苦难呢？或许，对于他来说，受苦和享福一样受益呢？人有的时候非常喜欢苦难，到了一种近乎狂热的程度，这是事实。这都不用翻世界历史来佐证，你们只需问问自己就行了，只要你们是人，而且在这个世上活过一段时间就行。至于我本人，我认为，如果一个人只喜欢享福，那多少有点不像样了。好也行，坏也罢，总之，有时候搞破坏的这个过程是很有意思的，令人乐在其中。要知道，我现在并不是在推崇苦难精神，但也不是倡导享福。我主张的是——随心所欲，我主张拥有一份保障，让我在想做什么的时候，就能去做。比如说，苦难不被允许出现在轻松喜剧中，我知道这一点。但在水晶宫里，它却是十分不可思议的存在，苦难就是怀疑，就是否定，可如果水晶宫也能被质疑的话，那它还算什么水晶宫呢？实际上我相信，人在面对当下的苦难时，也就是搞破坏和制造混乱，绝对不会一口回绝。要知道，苦难是产生意识的唯一原因。哪怕我一开始就说过，在我看来，意识对人类来说是莫大的悲哀，但我也知道，人钟爱它，并且不会拿它来交换任何东西，借此来满足自己的私欲。比如说，意识远远高于二二得四。在二二得四之后，自然什么也不剩了，不仅一事无成，甚至也不会有新的认知。到那时，我们所能做的，也就只有封闭我们的五感，陷入自省之中。可是，在意识活动中，哪怕结果一样，也就是同样一事无成，但至少可以将自己暴揍一通，毕竟有时候这可以让人多点生气。虽然这也无济于事，但毕竟总比什么都不做要好一些。

你们对水晶宫抱有信心，相信它永远也不会被破坏，也就是你们相信既不能向它偷偷吐舌头，也不能在口袋里用拳头对它做出嘲弄的手势。嗯，可我大概也正是因为这个原因才害怕这座宫殿，因为它是用水晶打造，而且坚不可破，还有就是我甚至都不能偷偷向它吐舌头。

　　你们看见了吗，如果这是个鸡窝而不是宫殿，而且天还下着雨，那我为了避雨，可能会爬进这个鸡窝，但我终究不会因为感谢它让我免受雨淋而把鸡窝当成宫殿。你们可能在笑，甚至会说，都这种时候了，管它鸡窝还是金窝——都一个样，能挡雨就是好窝。"对，"我会这样回答，"如果活着仅仅为了不淋雨的话。"

　　但是，即使我坚持自己的看法，即不仅仅为了这个而活着，既然活着，就得住在富丽堂皇的大房子里，那又如何呢？这是我的愿望，是我的心愿。除非，你们能使我改变心意，否则别想把它从我心里剔除出去。唉，改变我的心意吧，用一个别的东西来诱惑我，给我另一种理想吧。可眼下我绝不会把鸡窝和宫殿相提并论。哪怕水晶宫不过是镜花水月一场空，哪怕根据自然规律，它根本不可能存在，哪怕是由于我的愚蠢，由于我们这一代人的某些古怪、不切实际的陋习，我才杜撰出了它。但是，就算它根本不可能存在，这又关我什么事？即使它存在于我的愿望中，或者，更恰当地说，当我的愿望存在时，它也存在，这还不是一样吗？或许，你们又笑了？你们就笑吧，我接受一切嘲笑，反正我饿的时候，也不会说我饱了；毕竟我清楚，我不会妥协于现状，也不会因一次次的失败而止步不前，因为根据自然法则，它存在着，的的确确存在着。我从不认为会有这样一座大楼：楼里有分配给穷人的公寓，根据合同可以住一千年，而且以防万一，还有二十四小时挂牌营业的牙医瓦根海姆，我也决不会把这作为我最大的心愿。你们要是能让我的愿望彻底消失，抹掉我的理想，让我看到你们那更好的东西，那我就跟着你们走。你们大概会说，不值得和我打交道，可要是这样的话，我就用同样的话还给你们。我们现在正在严肃地讨论问题，如果你们不想给予我应有的正视，要知道，我也不会低三下四地哀求你们。我有地下室。

可只要我活着，只要我还有愿望——但凡我往那个大厦里添一个小小的砖头[1]，那就让我的手烂掉！你们不要以为我刚才

---

[1] 这句话可追溯至法国乌托邦社会主义者夏·傅立叶的学生维·孔西得朗（1808—1893），他经常说的话："我要为未来社会的大厦添砖加瓦。"

对水晶宫的否定，仅仅是因为不能向它吐舌头、捉弄它。我之所以这么说，不是因为我有多喜欢吐舌头。或许，我生气的是，在你们的大厦中到目前为止找不到一座能不向它吐舌头的大厦。相反，我愿意把自己的舌头割掉，仅仅出于感激之情，只要它能让我再也不愿把舌头伸出来就行。至于这根本办不到，或者有房子就应该满足了，这跟我有什么关系？为什么我天生就怀有这样的愿望呢？难道我的存在只是为了得出一个结论：我这一生都是假的，仅仅如此吗？难道人生的目的就在于此吗？我不相信。

可是，你们得知道：我坚信，我们这一代的地下室人必须循规蹈矩。虽然他能在地下室一声不吭地一待四十年，但是一旦他重见天日，他就会一直说啊，说啊，说个没完……

XI

最后，各位，最好什么也不做！最好清醒地懒惰着！总之，地下室万岁！哪怕我说过，我嫉妒那些正常人，嫉妒至极，但是当我看见他们所处的境遇时，我又不想成为他们那样的人了。（尽管还是无法停止嫉妒他们。不，不对，不管怎样，还是地下室更好！）至少在那里可以……唉！要知道，我现在在胡扯！因为我很清楚，就像二二得四这个规律一样清楚，根本不是地下室更好，而是某种别的东西，完全不一样的东西，某种我渴望已久又遥不可及的东西！让地下室见鬼去吧！

如果我能相信我现在写的东西就更好了，哪怕只有一点，那也很好了。各位，我敢向你们发誓，我刚才写的东西，我一点儿也不相信，一个字眼儿都不信！说得更确切些，我似乎信，但同时又不知怎的，我有种感觉，并且怀疑我正在蹩脚地撒谎。

"那您为什么要写下这些呢？"你们会跟我这么说。

"如果我把您关在地下室里，一关就是四十年，这期间什么也不干，就待在那儿，然后四十年以后再来地下室探望您，您会变成什么样？难道能让一个人留下来，无所事事地独自生活四十年吗？"

"这既不可耻，也没辱没您的尊严啊！"也许，你们会鄙夷地摇摇头，对我说，"您渴望生活，于是用混乱的逻辑自己解决生活中遇到的难题。您这狂妄的行为真是惹人厌烦、粗鲁无礼，同时您又是多么害怕啊！您废话连篇，还对此深以为然；您说话放肆无礼，却又一直为这些话担惊受怕，请求别人的原谅。您做出一副天不怕地不怕的样子，同时又对我们的主张极尽谄媚。您做出一副咬牙切齿的样子，同时又说些俏皮话，和我们逗趣。您知道您的俏皮话并不好笑，但是显然您为自己华丽辞藻行间透露出来的文学修养而扬扬自得。或许您的确受过苦难的折磨，但是您却一点儿也不尊重自己的苦难。您的所说所言确有道理，但却不见半分真心；您出于一种最庸俗的虚荣心炫耀您那些有道理的话，让您自己蒙受耻辱，还拿来做交易……您的确想说点什么，却因为害怕把最后一句话又给吞了回去，藏在了心里，因为您不敢把它说出来，只能畏首畏尾地胡搅蛮缠。您以有意识的人自居，但您只会摇摆不定，因为即使您头脑正常，您的心也已经被道德败坏侵蚀得朽败不堪了，而没有一颗纯洁的心，也就不会有完整、正确的意识。您是多么惹人厌烦，多么聒噪，多么装腔作势啊! 谎言，除了谎言还是谎言!"

　　当然，你们说的这些话都是我现编的。这也出自地下室。我在那里贴着门缝听你们这些话已经听了四十年了。这是我自己想出来的，要知道，也只能想出这些了。因此这些话我已经烂熟于心，能够娓娓道来也就不足为奇了……

　　但是，难道，难道你们真就如此天真地以为，似乎我会把这些话发表出来，还让你们阅读? 对了，还有一个问题，我为什么要称你们为"各位"呢，为什么和你们说话的时候，似乎还真把你们当成我的读者了呢？我打算开始的这篇自述，不会被发表出来，也不会让别人看到。至少，我没有特别坚持这么做，也不认为有这个必要。但是，你们知道吗，一个怪念头突然出现在我的脑海中，而且我无论如何都想实现它。就是这么一回事。

每个人的回忆中都有这么一些东西，除了自己最亲密的朋友，他不会把它们告诉所有人。还有一些东西，连朋友都会隐瞒，只有他自己知道，而且还要对此三缄其口。但是，最后还有一些东西，他连自己也不敢坦露，而这些东西，每个正经人都攒了很多。而且甚至于，一个人越是正经，内心深处这样的东西就越多。起码，我自己就在不久前下定决心回想一些过去的奇遇，而在此之前我一直对此避之不及，甚至还会惴惴不安。可现在，我不仅在回忆，甚至还决定把它们写下来，我就是想考验一下自己，看我能不能对自己完全坦诚，看我能不能不害怕去揭露这些真相。顺便指出：海涅断言，实事求是的自传几乎不可能存在，一个人总会在自己的事情上撒谎。例如，在他看来，卢梭在自己的《忏悔录》中一定撒谎了，而且甚至会出于虚荣心故意撒谎。[①]我相信，海涅的看法是正确的，我非常清

① 海涅的《自白》（1853—1854）中写道：刻画自己的个性，不仅是一件令人为难的工作，而且是一件不可能完成的工作……尽管想要坦诚，但是没人诚实地说出自己的故事。其中海涅也指出，卢梭在自己的《忏悔录》中"做了许多欺骗性的自白，为的是用这些欺骗性的自白来掩饰自己真正的过失"，或者是出于虚荣心。

楚，人有的时候会编出一系列罪行来诽谤自己，而这仅仅是出于虚荣心，我甚至也非常了解，这种虚荣心属于哪一类。但是海涅说的是一个面向读者忏悔的人。而我把这些写出来仅仅是为了自己，而且我要在此声明，如果我写的东西让人感觉是给读者看的，那也只是为了方便叙述，因为这样会让我的写作更轻松。这只是形式，一种毫无意义的表现形式，因为我永远也不会有读者。这一点，我已经声明过了……

在我这篇手记的措辞上，我不想受任何拘束。层次和体系也不会有。我想到哪，就写到哪。

嗯，比如说吧，人们可能会对我的话挑剔起来，问我：如果您真的不指望有读者，那您现在又在干什么？甚至还写在了纸上，说什么不会有层次和体系、想到哪就写到哪，等等，目的何在？您为什么要解释？又为什么要请求原谅呢？

"可不莫名其妙嘛！"我回答。

不过，这里面有非常复杂的一系列心理活动。或许，只是因为我是个胆小鬼。或许，在我写这篇手记的时候，故意在脑中想象自己正面对着广大读者，以便让自己表现得文明些。这可能有上千个原因，根本列举不过来。

不过还有个问题：为了什么，为什么我要写这本手记？如果不是为了给读者看的话，也可以记在脑子里，而不必诉诸笔端，这样不是也行吗?

的确有道理，不过将其诉诸笔端后，会显得更加郑重。这似乎就有了某种启发性的东西，可以更深刻地内省，情节也更丰满、充实了。除此之外，或许，这写作会让我松一口气。例如，今天我想起了一段令我非常压抑的回忆。几天之前，我就想起了它，自那之后，它就像一段恼人的音乐旋律，在脑中挥之不去。但是应该将它从脑海中抹去。我有成百上千段这样的回忆，但有时，总会有一个非常扎眼，令我倍感压抑。我莫名相信，如果我把它写下来，它就不会来纠缠我了。为什么不试试呢?

最后，我觉得很无聊，我常常无所事事。写作也似乎真变成了一份工作。据说，工作能让人变得善良、诚实。嗯，这起码是个机会。

现在外面在下雪，几乎是潮湿的，那雪又黄又浊。昨天也下雪了，已经一连下好几天了。我觉得，正是因为这湿雪①，我才想起了那件有趣的事，那个现在在我脑中一直挥之不去的事情。总之，就叫它《湿雪漫谈》吧。

---

①批评家和回忆录作家巴·瓦·安年科夫在其《俄罗斯文学手记》(1849)中指出，在俄国自然派作家的作品里，"细雨"和"湿雪"常被用作典型的彼得堡风景特征。

Chapter

湿雪漫谈

当我那恳切的箴言
将一个堕落的灵魂
从放纵的黑暗中拉出，
你满怀苦楚，
搓着手，咒骂
那拘围着你的淫秽；
当你用回忆惩戒
你①那健忘的良知，
你向我讲述那些
遇到我之前的往事，
忽地，你用手掩住了脸，
满心羞愧和恐惧，
唯有眼泪任你宣泄，
你气愤，你颤抖……
等等，等等，等等。

——尼·阿·涅克拉索夫

①诗中的"你"是当时处于社会底层的妓女。——译者注

I

那个时候我才二十四岁，生活就已经被忧郁填满，一塌糊涂，孤单得像根野草似的。我不与任何人打交道，甚至避免和别人说话，终日将自己塞在那个小角落里。在办公室上班的时候，我甚至竭力不看任何人，而且我非常清楚地察觉到，我的同事们不仅认为我是个怪人，而且（我一直这样觉得）看我的目光中似乎还带着极端的厌恶。我常常想：为什么除了我之外，没人觉得别人看他也觉得厌恶呢？我们办公室有一个人，相貌丑陋，还满脸麻子，甚至看上去活像一个强盗。我要是顶着这样一张脸，都没那个勇气和别人对视。还有一个人，他的制服已经穿得又脏又旧，甚至只要一靠近他，就能闻到一股臭烘烘的味道。然而无论是邋里邋遢的衣服、有碍观瞻的脸，还是品行方面的不足都没有让这两位先生中的任何一位感到难为情。他们俩谁也没想到，别人看到他们会觉得恶心，即使想到了这一点，他们也觉得无所谓，只要上司不这样觉得就行。现在我完全明白了，出于我那贪得无厌的虚荣心，我总是苛刻地要求自己，也正是因为这个，我总是对自己不满意，甚至到了厌恶的程度，所以暗自将自己的这个想法强加给每个人。比如说，我讨厌自己这张脸，觉得它令人厌恶至极，我甚至怀疑，这张脸上总流露出某种下流的神情。因此，每次来到办公室的时候，我都竭尽全力做出一副磊落不羁的样子，这个中滋味并不好受，但就是为了不让他们怀疑我是个卑鄙无耻的人，我还尽量表现出一副高尚的神情。"虽然相貌丑陋，"我这样想道，"但要让它露出高尚的神情，生动的表情，最主要的是，得一脸聪明相。"但我十分清楚又痛苦地知道，所有这些优良的品质从来没有出现在我的脸上过。不过最可怕的是，我发现我这张脸愚不可及。但凡它聪明点，我也就知足了。甚至哪怕别人在觉得我的脸卑鄙下流的同时，还不否认它的聪明，我也认了。

不必多说，我恨办公室里的所有人，每一个人，我都恨，我瞧不起他们，可同时我似乎又有点怕他们。常有这样的事，我甚至会突然把他们摆在比自己高的位置上。那时候，我也不知道怎么会突然这样：一会儿蔑视他们，一会儿又把他们摆在比自己高的位置上。如果一个文明、正派的人不时刻严格要求自己，不时地轻视自己，甚至达到憎恶的程度的话，就不会有虚荣心。不过，蔑视也好，摆在比自己高的位置上也好，我遇见每个人时几乎都会垂下眼帘，不与其对视。我甚至做过一些试验，看我能否忍住那些投向自己的目光，可我总是第一个垂下眼帘的人。这折磨着我，让我痛苦得简直快要疯了。我害怕变得滑稽可笑，甚至到了病态的程度，因此我膜拜一切有关礼仪举止的陈规旧习，达到一种近乎谄媚的热爱，我也喜欢按部就班，并且打心眼里害怕所有新奇的服装。不过，我又能撑到什么地步呢？我是一个病态的文明人，正如我们这个时代所倡导成为的那种文明人。而这种人大都木木樗樗，就像羊群中的羊一样，分不出彼此谁是谁。或许，全办公室只有我一个人觉得自己是孬种，是狗腿子，我之所以这么觉得，是因为我是一个思想成熟的人。但这不仅是觉得，而是事实的确如此，我就是一个孬种，一个狗腿子。我这样说，丝毫不觉得羞耻。在我们这个时代，任何一个品行正直的人都是，也应该是孬种和狗腿子。这才是他的常态。对此，我深信不疑。他生来如此，造化也是这么安排的。而且不是只有我们的时代才有，也不是由某些偶然因素造成，在任何时代，一个品行正直的人都应该是孬种和狗腿子。这是世上所有品行正直的人的自然规律。如果他们中有人做了什么胆大妄为的事，但愿他别以此自我安慰，更别扬扬自得：终究会在别的事面前露出马脚。这是历来唯一的结果。只有那些蠢驴和它们的杂种子孙才会逞强说大话，但他们也只有到了穷途末路的时候才会如此。不值得理会它们，因为它们实在是微不足道。

那时，还有一种情况让我苦恼不已：具体来说，就是没有一个人像我，我也不像任何人。"我只是一个人，而他们是整体。"我这样想着，然后陷入了沉思。

由此可见，我那时还只是个黄口小儿。

也常常发生截然相反的情况：要知道，有时候，我很讨厌到办公室上班，以至于下班回家后，我不止一次感觉自己仿佛生了一场大病似的。可是突然间，我又会无缘无故地变得疑神疑鬼、冷酷无情（我总是这样阴晴不定），于是我也开始嘲笑自己的偏执和挑剔，责备自己的浪漫主义①作风。我时而不想跟任何人说话，时而又不但想开怀畅聊，甚至还想将他们引为知己，所有的挑剔一下子无缘无故地消失了。谁又知道呢，或许，我从来没挑剔过，有的只是从书本上学来的逞强说大话而已？到现在为止，我也没想明白这个问题。有一次，我甚至和他们成了朋友，还去他们家拜访了，和他们一起打牌，一起喝酒，聊职务升迁那些事儿……不过，请允许我在这里说几句题外话。

一般来说，在我们俄国人中，从来没有那种遗世独立的愚蠢浪漫主义者，没有像德国那样的，尤其没有像法国那样的浪

---

① 浪漫主义重视感觉、直觉、情感，甚至到了被一些人批评为"非理性主义"的程度。——译者注

漫主义者。这些人刀枪不入，哪怕天崩地裂，哪怕全法国人都在战垒中阵亡，他们也还是那样，甚至不会为了体面而装装样子，依然唱着他们那遗世独立的歌曲。换句话说，他们会一直唱到进棺材为止，因为他们是傻瓜。但在我们俄国的土地上可没有傻瓜，这一点家喻户晓，这也正是我们和其他国家（例如德国）的区别。因此，我们不会有那种纯粹出世离群的天性。这都是拜我们那些"实事求是"的政论家和批评家们所赐，他们那时推崇科斯坦若格洛①和彼得·伊万诺维奇②那样的大叔，还一时糊涂地把他们当成我们的理想，并将他们臆造为我们的浪漫主义者，认为他们和法国与德国的浪漫主义者一样，都是遗世独立的人。可是，我们的浪漫主义者的品质与那些遗世独立的欧洲浪漫主义者完全不同，没有一个衡量标准适用于我国。（请原谅，我在这里用了"浪漫主义者"一词，这个词由来已久，它在令人尊敬的同时，又值得歌颂，是一个广为人知的字眼。）我们的浪漫主义者的特点：无所不知，什么都看得见，而且常常看得远比我们最最优秀的智者们都清楚，他们不向任何人、任何事妥协，但同时又包容一切，回避一切，退让

---

① 科斯坦若格洛是果戈理的《死魂灵》第二部中的人物，是一个精明能干、善于理财的地主。

② 彼得·伊万诺维奇是伊·亚·冈察洛夫的长篇小说《平凡的故事》（1847）中思维健全和精明能干的化身。

一切，对所有人都彬彬有礼；从不放弃有利可图的、实际的目标（例如公房分配、退休金、勋章之类），并通过热忱和一卷又一卷的抒情诗集来发现这个目标，同时心中坚定地秉持着"美与崇高"走向生命的终点，在这个过程中也顺便像用棉花包裹住一件珍贵的珠宝似的保护着自己，哪怕，比如说，哪怕就为了那份"美与崇高"。我国的浪漫主义者是心胸豁达的人，同时又是我国老油条中的第一号老油条，我甚至可以就凭经验向你们保证……当然了，这一切都取决于我们的浪漫主义者是否聪明。我这都说了些什么！浪漫主义者向来是聪明的，我只是想说，即使我们有一些傻瓜浪漫主义者，那也不算数，只不过因为他们在风华正茂的时候就完完全全变成了德国人，而且为了方便保护自己的珍宝，他们已经迁往了国外，大部分都定居在魏玛和黑森林①了。比如说，我打心眼里瞧不起我这份差事，只是出于不得已才没有公然表现出我的不满，因为我只用坐在那儿，就有薪水可以拿。结果呢，请你们注意，我到底还是没有公然表现出我的不满。我国的浪漫主义者宁可发疯（不过，这种情况非常少），也不愿公然唾弃什么，如果他没有另谋差事，又始终没人赶他走的话，除非他成为"西班牙国王"②后，也就

① 均为德国地名。——译者注
② 该典故出自果戈理《狂人日记》，小说主人公波普里希恩发了疯，自以为是西班牙国王。

是等他彻底疯了，才会被送入疯人院。不过要知道，在我国只有弱不禁风和初出茅庐的人才会变成疯子。不胜枚举的浪漫主义者后来都获得了高官厚禄。真是些八面玲珑的奇人啊！得要多大的能耐才能处理这么多复杂、矛盾的感受呀！当时我曾因此甚感欣慰，现在也是一样的想法。正因如此，我国才有了这么多"心胸豁达的人"，甚至在极其穷困潦倒的时候也不曾放弃自己的理想，尽管他们为了实现理想甚至不愿动动手指头，尽管他们是穷凶极恶的强盗和窃贼，可是仍然内心一片赤诚地尊重着自己最初的理想。您看哪，我们国家最臭名昭著的混账东西也能完全，甚至令人肃然起敬地保持正直，同时也不妨碍他是个十足的混账东西。我再重复一遍，在我国这些浪漫主义者之中常会出现一些能干的坏蛋（我喜欢用"坏蛋"这个词），他们会突然表现出对现实的敏感和惊人的了解，让上司和听众瞠目结舌。

他们这种八面玲珑的能力的确很惊人，只有上帝知道它会变成什么，会发展到什么程度，以及它以后又会给我们带来什么。这能力还真是个好玩意儿啊！我这样说不是出于某种可笑的爱国主义或者克瓦斯爱国主义①。不过我相信，你们一

---

① 19世纪初，一些俄国贵族盲目维护自己国家陈旧、落后的东西，排斥外来进步事物，把爱国主义庸俗化。他们拒绝饮用外国酒，以国产的黑麦甜酒——克瓦斯为饮用酒，并称此举为爱国主义。——译者注

定又以为我在说笑了。谁又知道呢，或许正相反，也就是你们相信我的确是这样认为的。不论如何，各位，我都会把你们的这两种观点视为荣誉，并感到不胜欢喜。也请原谅我的这番题外话。

不必多说，我和我那些同事的友谊没能持续多久，很快我就跟他们闹翻了，由于当时还年轻，没什么经验，甚至也不再和他们打招呼，倒像是绝交了似的。不过，这样的事只发生过一次。总的来说，我一直是独来独往，形单影只地活着。

首先，我在家的绝大多数时间都在读书。我想用外界的力量压制住内心深处某种愈加沸腾的东西。而对我来说，这种外部的力量只有通过读书才能获得。读书虽然很有用，它可以使人激动，使人欢愉，又使人痛苦；但有时候，又觉得枯燥无味。我还是想做点什么，于是我就这样猛地陷入漆黑的、地下的、卑鄙的淫乱——不是淫乱，只是放松放松。由于我长期以来病态的应激性，我的性欲异常旺盛、炽热。一旦发作起来，整个人近乎歇斯底里，还伴随着眼泪和抽搐。除了读书，我也没别的地方可去——也就是说，那个时候我周围没什么值得我尊重的东西，也没任何事物能吸引我。于是，苦闷袭上心头，逐渐郁结于心，心里出现了一种歇斯底里的渴望，一种对矛盾和对立的渴望，于是我就放任自己，开始寻花觅柳起来。要知道，我现在所说的话，完全不是为了替我自己开脱……其实，不是！我撒谎了！我就是为了替我自己开脱。各位，这是我专门为自己记下来的。我不想撒谎。我保证过。

我的寻花觅柳活动总是一个人在夜里进行，偷摸地来去，又战战兢兢，又觉得肮脏不已，又觉得羞耻，这种羞耻感即使在最丑恶的时刻也没从我身体里消失，甚至在那些时候它还变成了一种诅咒。在那时，我的心里已经有了一个地下室。我害怕得不行，怕被人看到，怕遇见什么人，怕被人认出来，因此我常常走一些偏僻的地方。

有一次晚上，我从一个小酒馆旁经过，透过亮着灯的窗户，我看到在桌球桌旁，几位先生正挥舞着球杆打架，其中一位甚至还被人从窗户丢了出来。平常遇到这样的事，我会感到十分厌恶，可是当时在这样一个时间点，我竟然突然羡慕起那个被丢出来的先生，羡慕到竟然情不自禁地走进这家小酒馆的台球室，我想："要不，我也来打上一架，让他们也把我从窗户丢出去。"

我没喝醉，不过你们让我怎么办——要知道，这苦闷真的能让人难受到发疯呀！可什么也没发生。原来我根本没有往窗外跳的勇气，于是没打架就走了。

但就在我起身刚要离开时，一位军官拦住了我。

　　我站在台球桌旁，无意中挡住了路，恰巧那位军官正要从这过去，他一言不发地抓住我的肩膀，没有事先说一声，也没有解释什么，把我从站着的地方挪到了另一个地方，然后他就这样自顾自地走过去了，似乎根本没看我这个人。哪怕他揍我一顿，我都可以原谅他，可他就这样自顾自地挪动我这个活生生的人，我实在无法原谅。

　　鬼知道，我愿意付出什么代价，只要能来一场真正的、更为规范的争吵，更体面的、更文明（这样说吧）的争吵！我就像一只苍蝇似的被人随意处置。这位军官足足有两俄尺十俄寸①高，而我却又矮又瘦。不过，这个架吵不吵，全在我。只要我提出抗议，当然，我就会被丢出窗去。但我改变了主意，还是……咬牙切齿地溜之大吉吧。

　　我狼狈又不安地走出了小酒馆，直接回了家，第二天继续过着我那寻花觅柳的日子，只不过比之前更畏缩、更忧郁，似乎眼中还噙着泪水。不过，你们可不要觉得我是出于胆怯才怕那位军官。我骨子里从来不是一个孬种，尽管事实上我总是畏畏缩缩，但是，请你们先别笑，这是有缘由的，在我这里一切都会有个说法，请相信我。

―――――――

　　① 约为187厘米。

唉，如果这位军官愿意和我来一场决斗就好了！但是不，他是那类（唉！这类人早就消失不见了）喜欢用台球杆或者就像果戈理笔下的庞罗果夫中尉[1]一样喜欢听从上级指令行事的先生。他们是不会来决斗的，在他们看来，与我们这样的蝼蚁决斗，是一件很不体面的事——他们甚至觉得决斗完全是某种毫无意义、充满自由色彩、带有法式风情的行为，可是他们自己却极尽欺辱别人，尤其是那些身材魁梧的家伙们更是如此。

我现在害怕不是因为我胆小如鼠，而是由于我那贪得无厌的虚荣心。我怕的不是他那两俄尺十俄寸的高大身材，也不是怕他揍我一顿并把我从窗户扔出去，肉体上的勇敢，说实话，我还是有的，但是精神上的勇敢，我还是欠缺了点儿。我怕的是，一旦我提出抗议，并开始彬彬有礼地和他们理论，所有在场的人，从那个蛮不讲理的记分员，到那个浑身散发恶臭、满脸粉刺、衣领处满是油污、在一旁阿谀奉承的最低级的小官吏，都会不知所以，还会嘲笑我。因为荣誉感，而不是荣誉，有关于荣誉感的问题，我们还无法将它说个明白，除非用合乎语言规范的语言。"荣誉感"是不能用白话谈论的。我十分确

---

[1] 庞罗果夫中尉是果戈理的小说《涅瓦大街》（1835）中的人物，他在受到德国技工的欺负后首先想到的是去向将军汇报，甚至还向总参谋部"提交书面申请"。——译者注

信（尽管我是个彻底的浪漫主义者，但还是了解现实的！），他们会捧腹大笑，而那个军官绝不会简简单单地，即不带侮辱地揍我一顿了事，他一定还会用膝盖对我又顶又撞，并拽着我绕着台球桌打转，除非他大发善心，把我从窗户那扔出去，这件事才算完。不必说，我当然不会让这件微不足道的小事就这么算了。在这之后，我常在街上遇到他，而且总能一眼就把他认出来。只是不知道他是否也认出了我。根据种种迹象，我可以断定：应该是没有。可是我，我一直都看着他，满心愤恨地看着他，就这样持续了……许多年，您看哪！我的恨意甚至随着时间不断加深，愈演愈烈。一开始，我悄悄地打听这个军官的消息。这对我来说很难，因为我谁也不认识。但是有一次，当我像拴在了他身后似的远远地尾随他时，听到大街上有人叫了他一声，我这才知道了他姓什么。还有一次，我一直跟到了他家门口，然后花十戈比买通了看门人，从他那知道了那个军官住在哪儿、住在几楼、独居还是和别人同住等——总之，从那个看门人那里我打听到了我能打听到的一切。有一次，那是一个清晨，虽然我从来没写过什么东西，但也突发奇想地想将这个军官给写下来，以一种讽刺的形式，用揭露性的口吻将这位军官写进小说里。我饶有兴趣地写起了这篇小说。我大肆披露他的丑事，甚至诽谤中伤他，起初我为他编了一个姓氏，但是太假了，假到让人一眼就认出来了，因此经过一再思考，我又换了一个，然后就把这篇小说寄给了《祖国纪事》[①]。但是那个时候还没有披露文学，所以我的小说没有出版。这简直让我恼火不已。有的时候，我会被那愤恨淹没，直叫我上不来气。最后，我终于下定决心向我的对手提出决斗。我写了一封辞藻华丽、充满真情实感的信给他，恳求他向我道歉，同时我也在那封信里，强硬地暗示他，如果他拒绝向我道歉的话，那就只有通过决斗了结了。这封信写得有理有据，有进有退，假如这位军官懂一点儿"美与崇高"的话，那他就一定会跑到我面前，搂住我的脖子，主动献上他的友谊。这该多好啊！这样我们就会握手言和！就此成为朋友！他会用他的权势保护我，我会用我的良好修养，嗯，还有……思想，还有许多其他我可能有的东西让他高尚起来！你们想想看，自他侮辱我那日算起，已经过去两年了，我打算寄出的这封决斗信也已经不成体统地过时了。尽管我这封信写得十分高明，将我这一过时举动稍加解释和掩盖过去了，但是，感谢上帝（至今我仍然热泪盈眶地感谢至高无上的上帝），我没把我的信寄出去。每当想起，如果我真把信寄出去了会惹出多大的麻烦，我就不寒而栗。可突然……可

---

① 1839—1884 年在彼得堡出版的一份月刊。克拉耶夫斯基创办，早期由别林斯基主持该刊评论栏。——译者注

突然我就用最简单、最天才的方式报了仇！我突然想到了一个好主意。有时，在节假日，我常常在三点多钟的时候到涅瓦大街去，在向阳的那侧散步。换句话说，我去那里不是为了散步，而是为了体验无穷无尽的痛苦、屈辱和愤怒，但是这些可能就是我所需要的吧。我像条泥鳅似的在那，用最难看的样子在人群中让来让去，一会儿给将军们让个路，一会儿给近卫骑兵和骠骑骑兵的军官们让个路，一会儿又给太太小姐们让个路；在这个时候，只要一想到我衣着的寒酸，还有我那让路姿态中透出的卑微和粗鄙，我心里就会泛起一阵一阵的疼痛，后背阵阵发烧。这个念头引起了一种极大的痛苦，一种无休无止的、无法忍受的屈辱感，这个念头随后又变成一种绵绵不断的、直接的感觉，即我在这个世界面前就像是一只苍蝇，一只令人恶心、卑鄙龌龊的苍蝇，一只明明比所有人都聪明、比所有人都有意识、比所有人都品德高尚（这已不用多说了），却要不断给人让路，承受所有人给它的侮辱和损害的苍蝇。我为什么要自讨苦吃，又为什么要去涅瓦大街呢？我不知道。但是好像总有什么东西在吸引着我，只要一有机会，我就要到那儿去。

当时我已经开始体会到我在第一章中提到过的那种愉悦感了。在发生军官那件事后，我更是被吸引得常往那儿跑，在涅瓦大街我能常遇见他，在那我也能欣赏他。他也大多是节假日去那儿。虽然他遇到将军们和比他大的官时也得让路，也得在他们中间像泥鳅似的让来让去，但是一旦遇到我们这号人，甚至比我们地位更高的人，他就横行霸道起来，径直向他们走过去，似乎他面前就是一片空地，无论如何是不会让路的。我就这样看着他，浓浓的恨意一股脑儿涌上来，然而……每次遇到他，我只能心有不甘地给他让路。我甚至在大街上都无法和他处于平等的地位，这让我深感无力。"你为什么一定要先给他让路呢？"有时在深夜两三点醒来，我会歇斯底里地不停追问自己。"为什么是你让路，而不是他呢？要知道，这世上可没这样的法律，而且哪儿都找不到这样的规矩！哪怕是一半一半地平等相处呢，就像通常有礼貌的人相遇时那样，他让一半，你也让一半，就这样相互尊重着，你们也就走过去了。"但是并没有，我还是一如既往地给他让路，而他甚至都没注意到这一点。突然一个惊人的想法出现在我脑海中。我想："如果我和他迎面遇上，然后……就是不给他让路的话，那会怎么样？故意不给他让路，甚至'不得不'推他一把，这又会怎么样呢？"这个胆大妄为的想法一点一点地占据了我的大脑，让我久久不能平静。我一直这么想着，因此我故意更为频繁地去涅瓦大街，就是为了想得更清楚，我具体要怎么做，以及什么时候去做这件事。我高兴得简直要飞起来了。我越来越觉得这个主意可行，而且能够办到。"当然，不要狠狠地撞他，"高兴之余，我又心软了，"就简简单单地不给他让路，撞他一下，不过不要把他撞疼，仅仅是擦着肩膀走过去，要控制得刚刚好，不至于失礼。他怎么撞我的，我就怎么撞回去。"我最终下定了决心。但是准备工作花了太长时间。首先要做的事，就是在开始行动的时候要衣着得体，留意一下仪表。"要以防万一，比如说，如果被人围观的话（这些围观群众可都是些上流人士，有伯爵夫人，有某姓公爵，还有文学界的文人墨客途经此处），必须穿着得体，这可以让那些上流社会的人觉得我们和他们是一样的人，从而平等对待我们。"出于这样的目的，我预支了一点薪水，在丘尔金商店买了一副黑色的手套和一顶甚是体面的帽子。我一开始想买柠檬色的手套，但是似乎黑色更好，显得我更威严，也更有派头。"颜色太刺眼，就显得人太过招摇了"，所以我没买柠檬色的那双。我老早就准备好了一件精致的、缀着白色骨制纽扣和袖扣的衬衫，不过准备一件合适的大衣却花费了我很长时间。我原先的那件大衣本来挺好的，穿着也暖和，不过是棉制的，领子还是浣熊皮的，这就显得太寒酸了。无论如何，必须换个领子，换成假獭绒的，就像军官们身上那样的。为此我一次次跑到劝业场①，选来选去，

---

① 彼得堡涅瓦大街最大的百货商场，犹如北京的东安市场或天津的劝业场。——译者注

看中一个便宜的德国制假獭绒。虽然这种德国假獭绒很快就会被穿坏，而且样子还会变得十分难看，但刚被买回来的时候，看起来却是非常气派的。不过，要知道，我也只需要用这一次就够了。我问了价格，还是太贵了。经过再三考虑，我决定先把我的浣熊皮领子卖掉。但是不足的钱款对我来说还是一笔相当大的数目，因此我决定向我的科长安东·安东诺维奇·谢托奇金借钱，他是一个温柔敦厚的人，办事一丝不苟，为人正派，从不借钱给别人，但在我就职时，给我分配工作的那位要人曾向他特别举荐过我。我痛苦不已，向安东·安东诺维奇借钱，我觉得既荒唐，又羞耻。我甚至有两三天都没睡个好觉，何况我当时睡眠本来就少，身体忽冷忽热。我模模糊糊地感觉到，我的心脏常常不知不觉就停止跳动了，要不就突然跳起来，狂跳个不停！……安东·安东诺维奇起初诧异不已，然后皱起了眉头，经过慎重考虑后，还是把钱借给了我，但是他让我写了借条，约定好两个星期后从工钱中扣除这一笔钱。这样一来，终于一切都准备好了。一条漂亮的假獭绒领就这样取代了寒酸的浣熊皮领，我也慢慢开始了我的行动。绝不能一上来就冒失地开干，这样只会前功尽弃，必须考虑到方方面面，要想做得圆滑，须得慢慢筹划。但是坦白来说，经过无数次的尝试后，我已经开始绝望了，我们怎么也撞不到一起，次次都这样！难道我没有做好准备吗？难道我没有下定决心吗？似乎，每次都是眼看着要撞到的时候，我发现——我又给他让了路，而他就这样走过去，甚至都没察觉到我的存在。在我走近他的时候，我甚至开始向上帝祷告，乞求他保佑我能坚定决心。有一次，我已经完全下定了决心，但却以我倒在他的脚边而告终，因为在至关重要的那个瞬间，就在我们之间只剩那么两俄寸的时候，我陡然泄了劲。他面不改色地从我身上跨了过去，而我则像个皮球似的滚到了一边。这天夜里，我又患上了寒热症，直说胡话。

可一下子峰回路转，一切都再好不过地结束了。前一天夜里，我最终还是决定放弃我那个要命的计划，就让一切不了了之算了，带着这样的想法，我决定最后去一次涅瓦大街，只是为了看看——我是如何让这一切不了了之的？突然，在离我的敌人三步远的地方，我竟然一下子下定了决心，眯起眼睛，然后——我们俩肩膀碰肩膀结结实实地撞了一下！我寸步不让，就这样以和他平等的身份走了过去！他甚至连头都没回，装作若无其事的样子，但这只是装的，我十分确信这一点。我至今还对此深信不疑！当然，我被撞得更疼些，因为他比我强壮，但这个不是重点。重点是，我达到了我的目的，守护了我的尊严，一步也不退让，在众目睽睽下，将自己和他放在了平等的社会地位上。一雪前耻之后，我就回家了。我扬眉吐气地唱起了意大利咏叹调。当然，我不会跟你们说，三天之后我身边都发生了什么；如果你们读了我的《地下室》的第一章，应该就能猜出来了。那位军官后来被调到了别处，现在我已经大概有十四年没见过他了。我亲爱的军官，他现在怎么样呢？又在目中无人地欺压谁呢？

II

但就在我寻花问柳后，心里又常常觉得烦闷不已，泛起一阵一阵的悔恨，我不断赶走这恼人的悔恨感。不过，我还是就这样慢慢地习惯了它。我能习惯一切，或者说这也不是习惯，而是我心甘情愿地承受。但是我有一个顺应一切的办法，那就是从这之中抽身而出，进入"美与崇高"的境界。当然，这只是我的幻想。我就这样躲进我的小角落里，胡思乱想，一连三个月都沉迷在幻想中。请你们相信，这个时候的我，和那个畏首畏尾、惊慌失措、将德国假獭绒领缝在自己领子上的先生判若两人。我突然变成了英雄。就算那位身高两俄尺的中尉前来拜访我，我也不见。到那时我甚至都想不起来他是谁。我到底都胡思乱想了些什么，我怎么会如此陶醉于其中——现在很难说清了，但是那时的我的确乐不可言。而且，要知道，我现在还有点儿陶醉其中。在我放纵情欲之后，这些幻想就变得更甜蜜、更强烈，带着悔恨和泪水，裹挟着咒骂和欣喜，一齐涌上我的心头。常常有这样一些时候，我欢喜若狂，幸福感溢出心田，以至于我内心深处甚至连一丝嘲讽都感觉不到，真的！我有了信仰，有了希望，也有了爱。正是因为如此，我当时才盲目地相信，会出现某种奇迹，还有某种外在的因素，它们会拨开云雾，让一切重见光明；会突然出现一片天地，属于相应有益的、美好的，最主要的是已经准备好了的（究竟是什么样子，我也说不清，但是重要的是，它是已经准备好了的）活动的天地，于是我就突临人世，就差骑着白马、头戴桂冠了。次要角色，我根本不放在眼里，因此我在现实生活中才安之若素地做个不入流的小角色。不是英雄，就是狗熊，我绝对不会当个中流之辈。也正是这点害惨了我，因为当我身处泥泞的时候，我总是安慰自己，日后我会成为英雄，而英雄的光芒会掩盖身上的尘土：据说，普通人会因沾染泥土而感到羞耻，而英雄则因太过伟岸，不会被尘土淹没，因此身上脏了也没关系。有趣的是，当"一切美与崇高"向我涌来的时候，我正恣情纵欲，声色犬马，也是我处在社会最底层的时候，它们零星地出现，似乎想以此来提醒人们它们的存在，让人们记住它们，然而它们并不是以自己的出现来消灭一切纵情声色；正相反，它们以一种反差来让这一切纵情声色更加销魂，它们出现得恰如其分，不多不少，刚刚好，就像一份已经调好了的调味品。这调味品由矛盾、痛苦的内心分析所带来的苦楚组成，所有这些痛苦赋予了我的恣情纵欲一种辛辣感，甚至赋予了一种意义——总而言之，出色地履行了一份上好调味品的职责。这一切甚至不无深度。要不是这样，我能同意去做这些低级的、下流的、纯粹出于本能的、贩夫走卒才干的寻花问柳之事吗？我会往自己身上泼脏水吗？再说，这腌臜事又有什么能勾引我，让我大半夜来到大街上的呢？不，各位，其实我自有一套高明的脱身之计……

　　但是，在我这些幻想中，在我这些"对一切美与崇高的追求"中，我又投入了多少爱呀，我的上帝，多少爱呀；虽然这爱是一种幻想的爱，虽然这爱从未倾注于人类的任何事物上，但是它如此多，如此深，以至于在现实中人们反而觉得它没什么用处了，简直成了一种多余的美好。不过，一切又总是十分圆满地、漫不经心地、令人陶醉地转变为了艺术，也就是转变为存在的美的形式，这些形式是完全现成的、从诗人和小说家那里大肆剽窃来的，而且被用来为公共事业和个人需求服务。比如说，我战胜了所有人，当然他们在失败后，不得不承认我所有的优良品德，而我也就宽恕了他们。我成了一位著名的诗人和高级宫廷侍从，我陷入了爱河；我获得了数不尽的财富，又立马将它们全部捐赠给人类，①而且在他们面前忏悔自己的耻辱，其中当然不只有耻辱，还包括了非常多"美与崇高"，包含某种曼弗雷德式精神②。所有人都热泪盈眶地亲吻我（要不怎么说他们是笨蛋呢），而我则光着脚、忍饥挨饿地去宣传新思想③，并在奥斯特里茨④大败顽固派。接着，奏起了凯旋曲，颁布大赦令，教皇同意离开罗马去巴西；⑤然后，就在位于科莫湖

① 这个"地下室"人物的梦想后来在少年的"罗斯柴尔德"理想中得到重生，罗斯柴尔德也想积累巨大的财富并掌握权力，然后将他的无数财富奉献给人们。（详见《少年》第一部分，第五章，第 III 节）

② 这里指的是"某种令人骄傲的、崇高的东西"。曼弗雷德是拜伦同名戏剧诗《曼弗雷德》（1817）中的主人公，"世界悲哀"哲学在该诗中得到体现。

③ 指空想社会主义。——译者注

④ 这里指的是拿破仑一世于 1805 年 12 月 2 日在此地战胜俄奥联军。也暗指革命起义。——译者注

⑤ 指教皇庇护七世与拿破仑一世的冲突，该事件以 1809 年拿破仑被逐出教会告终，而教皇庇护七世在随后五年内沦为后者的囚徒，直到 1814 年才返回罗马。

湖畔的博尔杰泽别墅为全意大利人举办舞会，为了筹办此次盛会，科莫湖特意挪到了罗马；①再然后就是灌木丛里的一幕；等等，等等。你们都不知道吗？你们一定会说，我自己之前也承认了，经历那么多欣喜和眼泪之后，再将这一切拿到市场上叫卖，真是卑鄙下流，恬不知耻。可是，这又有什么可耻的呢？各位，难道你们以为，我会为这一切感到羞耻吗？这一切会比你们生活中的随便什么事情更愚蠢吗？而且，请你们相信，我有些想法还是很不错的……不是什么事都发生在科莫湖呀。不过，你们说的有道理；的确，既卑鄙下流，又恬不知耻。可是最无耻的是，我现在居然还在你们面前为自己辩解。更无耻的是，我现在竟然还好意思说出来。不过，算了，已经够了，要不然就没完了，反正总有一个更无耻的事情出现……

在长达三个多月的时间里，我怎么也无法连续地幻想，我开始感受到一种不由自主地、殷切地想要投身社会的需要。对我来说，投身社会的意思就是去拜访我的科长安东·安东诺维奇·谢托奇金。这是我这辈子唯一一位时常来往的熟人，我自己甚至也对此感到诧异。但只有当我兴致上来，我的幻想又让

---

① 指的是，为庆祝法兰西帝国的建立而于 1806 年 8 月 15 日，即拿破仑的生日那天举行的庆祝活动。博尔杰泽别墅于 7 世纪上半叶建在罗马，内有优美的建筑物、喷泉和雕塑。科莫湖位于意大利北部的阿尔卑斯山区。

我幸福得心花怒放，以至于必须得马上和人拥抱，和全人类拥抱的时候，我才会去找他。因为我需要有一个人，一个活生生的人在场。不过，只有在星期二（这是他规定的日子）才能去找安东·安东诺维奇，因此这个和全人类拥抱的需求只有在这一天才能被满足。这位安东·安东诺维奇住在五角地①，住在四楼，他的公寓有四个房间，每个房间都矮矮的，而且一个比一个小，一副十分窘迫、清贫的景象。他家里有两个女儿，还有女儿的姑妈，这位姑妈平常就负责为大家斟茶。他的两个女儿——一个十三岁，一个十四岁，两人都是翘鼻子，在她们面前我总是十分不自在，因为她们总是小声议论着什么，然后咯咯地笑。主人一般在书房里，坐在书桌前的皮沙发上，接待一位白发苍苍的客人，这位客人是我们部门或者其他部门的一位什么官员。除了两三位客人，而且除了这两三张面孔，在他这儿我从没见过其他人。他们讨论消费税，讨论枢密院里的拍卖会，讨论薪水，讨论升职，讨论司长大人，讨论如何取悦上司，等等，等等。我像个傻瓜似的，耐心地坐在他们旁边，一坐就是三四个小时，听着他们高谈阔论，自己却不敢参与进去，因为我一句话也插不进去。我就坐在那里发呆，出了好几回大汗，

---

① 彼得堡的一处地名。——译者注

整个人变得呆滞起来，不过这非常好，而且也很有益。回到家后，我那拥抱全人类的想法就被我丢在一旁，一段时间之内都不会再碰一下了。

不过，我似乎还有一个熟人——西蒙诺夫，他是我中学时代的同学。我的中学同学可能大多数都在彼得堡，但我从不与他们来往，甚至在大街上遇见都不打招呼。或许，我转到另一个部门就职，就是为了远离他们，为了和我那整个可恶的童年一刀两断。我诅咒那该死的中学，诅咒那些可怕的、苦役般的岁月！总之，我一离开校园，就和所有的同学都分道扬镳了。只有那么两三个人，我遇见了还会打招呼。其中就有西蒙诺夫，他在我们学校平平无奇，为人沉稳，性情温和安静，但是我在他身上发现了某种独立性，甚至是正直无私。我甚至不觉得他是个蠢货。我曾经和他非常要好，但是没能持续很长时间，不知怎的我们这段友谊突然就陷入了僵局。显然，他也因这段回忆而感到十分苦恼，似乎也一直在担心，我会将这段友谊再次摆上台面。我怀疑，他非常讨厌我，但我还是常常去看他，因为我不确定他是否真的讨厌我。

于是有一次，在星期四，我无法忍受这孤独的日子，又知道安东·安东诺维奇在星期四闭门谢客，于是我就想起了西蒙诺夫。我爬上四楼去找他的时候，想到的却是，这位先生讨厌我，我不应该跑这一趟。但是事情总是这样发展：越是有这样的念头，我偏偏就陷入了这种进退两难的境地。于是我推门进去了。距离我最后一次见到西蒙诺夫，到现在已经差不多一年了。

III

　　在他家，我还看到了我的另外两位中学同学。他们显然正在谈论一件非常重要的事情，没有一个人注意到我的到来，这简直奇怪得很，因为我和他们已经很多年没见了。显然，我被当成了一只最普通不过的苍蝇。即使在中学时，我也从未被如此蔑视过，尽管他们当时都恨我至极。我当然明白，他们鄙视我是应该的，因为我仕途不得志，因为我混得穷困潦倒，因为我衣着寒酸，等等，这让我成为他们眼中窝囊、下等人的活招牌。不过，我到底还是没料到他们会如此瞧不起我。西蒙诺夫甚至还对我的到来感到惊讶。他以前似乎也总是因我的到来感到惊异。这一切都让我尴尬不已，我闷闷不乐地坐了下来，开始听他们在说什么。

他们正在认真而又热烈地讨论一个送别宴，他们想明天为一位去外省当军官的老同学兹维尔科夫饯行。兹维尔科夫先生也是我的中学同学。我从高年级的时候就对他怀恨在心了。低年级时，他只是一个长相精致、聪明伶俐的小男孩，所有人都喜欢他。不过，正因为他是一个长相精致又聪明伶俐的小男孩，我低年级的时候也恨他。他学习一向不好，甚至越来越差，但他却顺利毕业了，因为他有靠山。他在我们学校的最后一年里，获得了一笔遗产，足足有两百名农奴，由于我们所有人几乎都很穷，这笔财富让他在我们之中尤其显眼，他也就开始在我们面前得意起来了。这是一个俗不可耐的人，但也不失为一个善良的小伙子，即使在他得意的时候，也是如此。至于我们，虽然装出一副正直、骄傲的样子，但却整日沉迷不切实际的幻想，只会满嘴空谈，除了极少数人以外，很多人都在巴结、奉承兹维尔科夫，于是他就更得意忘形了。我们之所以对他阿谀奉承，倒并非希望得到什么好处，而是因为他是个受上帝庇佑和眷顾的人。而且不知何故，我们当时总认为兹维尔科夫是个左右逢源、风度翩翩的大方之家。最后这点尤其让我恼火。我憎恨他那刺耳的、不可一世的声音，我憎恨他那趾高气

扬的俏皮话，实际上这些话非常愚蠢，尽管他总能滔滔不绝地
说个没完；我恨他那张英俊却带着傻气的脸（不过我倒愿意用
我这张聪明的脸蛋和他交换），以及他那四十年代放纵不羁的
军官作风。我憎恨他滔滔不绝地说他以后将如何俘获女人们的
芳心（他还没开始他的浪漫之旅，因为他还没得到军官肩章，
因此他正迫不及待地等着成为正式军官的那一刻），我憎恨他
说他可以随时找人决斗。我记得，有一次在课间，一向沉默寡
言的我和兹维尔科夫吵了起来，因为他跟同学胡侃他以后的风
流韵事，聊得起劲了，最后竟像在太阳底下撒欢儿的小狗似的
突然宣称，他将不会放过村子里的任何一个姑娘，还管这叫作
初夜权①，要是庄稼汉们胆敢说不，他就用鞭子狠狠地抽他们
所有人，还要让他们加倍交租。我们那些无耻的同学在为他鼓
掌，而我则和他对骂，我这样做不是为了替那些姑娘和他们的
父亲抱不平，只是因为竟然有人会为这样一个蠢材鼓掌叫好。
我当时骂赢了，兹维尔科夫人虽然不聪明，但是性格倒是豪爽，
居然一笑了之，甚至，说实话，我并没有完全赢过他：周围的
笑声都站在了他那边。他之后又赢了我好几次，但是并没有恶
意，是那种半开玩笑地、笑嘻嘻地在不经意间赢了我。我恶狠

---

① 一种中世纪的封建习俗，根据该习俗，农奴妇女必须与主人一起度过新婚
之夜。

狠地、轻蔑地没搭理他。毕业后，他曾主动接近我，我没有强烈拒绝，因为这让我的自尊心得到了满足，不过很快我们也就自然而然地分开了。后来我听说他当了中尉，在部队里混得风生水起，还听说了一些他的风流韵事。后来又听到一些传闻，说他在部队步步高升，仕途顺遂。在大街上遇见，他也已经不跟我打招呼了，而且我怀疑，他怕跟我这样微不足道的小人物打招呼有失他的身份。我有一次在剧院看见了他，他当时坐在三楼的包厢里，肩上已经佩上穗带了。他正围着一位老将军的几位女儿献媚讨好，大献殷勤。这三年里，他已经变得很是不修边幅了，尽管还像以前那么英俊、伶俐；但不知怎么看着有点浮肿，已经开始发福了。看得出来，三十岁之前他一定会变得大腹便便、脑满肥肠。我的同学们举办的饯行宴就是为这位即将离开这里的兹维尔科夫。这三年里，他们一直和他有来往，虽然他们自己心里也清楚，自己不可能和他平起平坐，我对这点深信不疑。

西蒙诺夫的两位客人中，其中一位是费尔菲奇金，是德裔俄国人，他身材矮小，一副尖嘴猴腮相，是一个喜爱嘲笑别人的蠢货，从低年级起他就是我势不两立的敌人。他卑鄙下流，又放肆胡为，爱吹牛皮，总是做出一副自命不凡的样子，但是骨子里却胆小如鼠。他是兹维尔科夫忠实的追随者之一（这些追随者平常出于私心对兹维尔科夫极尽奉承巴结，常常向他借钱）。西蒙诺夫的另一个客人是特鲁多柳博夫，是个平平无奇之辈，他是一个青年军人，大高个儿，总是一副冷冰冰的样子，为人相当老实，但他神往一切功名，只会谈论升职和提拔之事。他似乎是兹维尔科夫的一个远方亲戚，说来也荒唐，这一点竟然让他在我们中间拥有了相当的话语权。他常常不把我放在眼里，虽然他对我实在谈不上礼貌，但也还算过得去。

"这样，每个人出七卢布吧，"特鲁多柳博夫开口说道，"我们三个，一共二十一卢布，能好好撮一顿了。当然了，兹维尔科夫不用掏钱。"

"既然是我们请他，那是自然。"西蒙诺夫说道。

"难道你们认为，"费尔菲奇金傲慢无礼又闹哄哄地插嘴道，就像一个走狗在炫耀自己老爷肩章上有几颗星似的，"难道你们认为，兹维尔科夫会让我们掏钱吗？他会出于礼节，接受我们的邀请，但一定会自己出钱买半打酒的。"

"我们四个人哪喝得了半打呀。"特鲁多柳博夫说道，他只注意到了半打酒的"半打"。

"那就这样定了，我们三个，加上兹维尔科夫四个人，一共二十一卢布，地点就在巴黎饭店，明天下午五点。"被推举为饯行宴负责人的西蒙诺夫最后总结道。

"怎么是二十一卢布呢?"我有点激动地说,甚至还带了气,"如果算上我,那就不是二十一卢布,而是二十八卢布了。"

我原本以为,我这样将自己突然算进去,简直是漂亮的一招,他们一定会大吃一惊,继而对我刮目相看,肃然起敬。

"难不成您也想去吗?"西蒙诺夫不满地说道,眼睛四处躲闪,不敢看我。他太了解我了。

他对我的了解让我一下子火就上来了。

"为什么不呢?要知道,我好像也是他的同学,不是吗?而且老实说,你们就这样把我给撇开,实在让人生气。"我差点又激动起来。

"可到哪儿去找您呢?"费尔菲奇金不客气地插嘴道。

"而且您跟兹维尔科夫也向来不和呀。"特鲁多柳博夫皱着眉头补充道。但我抓住这个话头不放。

"我觉得,谁也没有权利对这件事说三道四,"我声音发抖地回道,仿佛发生了什么天大的事似的,"或许正是因为我们以前不和,所以现在我才想参加。"

"哼,谁知道您呢……居然这么有度量……"特鲁多柳博夫冷笑道。

"那就把您算上,"西蒙诺夫对我说道,"明天五点钟,在巴黎饭店,别弄错了。"

"钱呢!"费尔菲奇金朝我这边点了点头,对西蒙诺夫小声说道,但是刚开口就停下了,连西蒙诺夫都感到不好意思了。

"好了,"特鲁多柳博夫站起来,说道,"既然他这么想来,就让他来吧。"

"但是要知道,咱们这只是朋友间的小聚会,"费尔菲奇金愤怒地说道,还拿起了帽子,"这又不是什么大型聚会。也许,我们根本不想让您参加……"

他们走了,费尔菲奇金走的时候,甚至都没跟我打个招呼,特鲁多柳博夫倒是微微点了点头,但连个眼神儿都没给我。房间里就剩下了我和西蒙诺夫两个人大眼瞪小眼,他似乎有点生气,又有点犹豫,奇怪地看了看我。他没有坐下来,也没邀请我坐下。

"嗯……那就……明天见。您要不现在就把钱交了?我这样做,不过是想心里有个底。"他尴尬地嘟囔道。

我一下子涨红了脸,但是,在脸红的同时,我还想起来一件事,在很久之前我曾经从西蒙诺夫这儿借了十五卢布,而且这笔钱我一直都记着,但也一直没有还给他。

"您也知道,西蒙诺夫,我来这儿的时候,不可能知道……因此我很抱歉,我忘带……"

"好,没事,无所谓。明天吃饭的时候再给也行。我不过想知道……您，请便……"

他不再说话了，开始懊恼不已地在房间里走来走去。边走边用脚跟用力地跺地，这样一来，走路声音特别大。

"我没耽误您什么事吧?"沉默了两三分钟后，我问道。

"哦，没有!"他猛地惊醒，"我是说，是的。您瞧，我还得顺便去一趟……离这儿不远……"他用一种表示歉意的声音，又有点不好意思地补充道。

"哦，我的上帝! 您怎么不早——说——呢!"我抓起帽子，如此喊道，摆出一副漫不经心的样子，天知道这是从哪儿学来的。

"要知道，那地方也不远……就两步路……"西蒙诺夫重复道，将我送到前厅，做出一副忙乱不已的样子，其实这样子和他一点也不相称。"那就明天下午五点整见!"他冲着往楼梯处走的我喊道，我的离开让他简直不能再满意了。可我却怒不可遏。

"竟然就这么鬼迷心窍，这么鬼迷心窍地掺和到这件事里去了!"走在大街上，我咬牙切齿地想道，"还是给这么一个下流货，这么一个卑鄙小人兹维尔科夫饯行! 当然，不应该去; 当然，应该不屑一顾; 我怎么了，难不成是被绑住了? 明天我就去市邮局给西蒙诺夫寄信通知他……"

　　我之所以如此怒不可遏，是因为我十分确定地知道，我一定会去，我是有意要去的，越是不明智，越是不体面，我就越要去。

　　甚至我还有一个不去的正当理由：没钱。我浑身上下加起来就只有九卢布，但是我明天还要从中拿出七卢布来支付阿波罗（他是我的用人，他住在我这里，每月工钱七卢布，自己管饭）这个月的工钱。

　　按照阿波罗的脾气，我不付这笔钱是不行的。关于这个混账，关于我这个冤家，之后有机会再说。

　　不过，我也十分清楚，我不会付给他工钱，而且也一定会赴那个饯行宴。

　　这天夜里，我做了一连串极其奇怪的梦。那些艰苦的中学岁月的回忆折磨了我一晚上，我被它挟制着，逃不脱也挣不开。我是被我几个远方亲戚硬送去这所学校上学的，他们曾经抚养过我，但入学后我便对他们没什么印象了——他们将孤苦伶仃的我，将那个已经被他们骂得愣愣磕磕、郁郁寡欢、沉默寡言，总是怪异地审视着周围一切的我送去了这所学校。同学们对我充满了恶意，用毫不留情的嘲笑迎接我，只因为我与他们格格不入。可我受不了他们的嘲笑，我无法这么自轻自贱地和他们和平共处，像他们那样彼此合群。我立马就恨上他们，将自己隔绝了起来，保持着一种谨小慎微、伤痕累累、异乎寻常的自尊心。他们的粗鲁让我怒火中烧。他们卑鄙无耻地嘲笑我的脸，嘲笑我笨拙的身躯，可他们也不看看他们自己那一脸蠢样！在我们学校，不知怎的，人的表情会变蠢和变样。有多少漂亮的孩子来到我们学校，过了几年，再看他们你甚至都会觉得反胃。还在十六岁的时候，我就忧心忡忡地对他们感到吃惊了，他们的孤陋寡闻，他们做的事、玩的游戏、言语间的粗俗，都让我惊讶不已。他们连最基本的常识都不知道，对那些引人深思、让人大吃一惊的事物也不感兴趣，因此我不由得认为我比他们高一等。我这样认为并不是受我那被侮辱的自尊心的唆使，看在上帝的分上，请你们不要用恶心至极的官僚主义那套来反驳我，说什么我太沉溺于幻想了，说什么他们那个时候已经懂得真正的生活了。他们什么也不懂，对真正的生活一无所知，我敢发誓，正是这一点使我怒火中烧。相反，他们用荒谬可笑又愚不可及的态度来接受那些最一目了然、最引人注目的现实，他们那时已经习惯于崇尚功利了。对正义但却受到凌辱和迫害的一切事物，他们恶毒、无耻地加以嘲笑。他们将官衔和智慧画上等号，才十六岁就已经将各种肥缺挂在嘴边了。当然，这里面有很大一部分原因是他们自身愚蠢，是他们童年和少年时代身边环绕着坏榜样。他们道德败坏，已经到了不成体统的地步。当然，这大多只是表象，是他们故意为之的吊儿郎当，即使在道德败坏的背后，他们身上也常常会有一闪而过的朝气蓬勃，但是这朝气蓬勃在他们身上并不吸引人，只会让人觉得是在胡闹。我对他们恨之入骨，尽管可能我比他们更坏。他们也以同样的态度回敬我，并且毫不掩饰对我的厌恶之情。不过我也已经不期待能得到他们的喜爱了，相反，我常常渴望受到他们的欺辱。为了使自己摆脱他们的嘲笑，我开始故意尽可能好好学习，终于使自己的成绩名列前茅。这让他们惊讶不已。之后他们渐渐明白过来，我早就已经在读一些他们读不懂的书了，并且知道了他们闻所未闻的东西（这些东西并不囊括在我们的专业课中）。他们虽惊讶又嘲弄地看待这件事，但精神上还是对我甘拜下风，更何况就连老师们都因此对我另眼相看了。他们不再嘲笑我了，但是敌意还在。我们之间形成了一种冷冰冰的紧张关系。最后，我受不了了。随着年龄的增长，我逐渐产生一种需求，想与人交往，想交朋友。我开始尝试接近其他人，但这种接近总显得不自然、尴尬，然后也就不了了之了。我曾经有过一个朋友。但是我在心里已然成为一个暴君，我想任意控制他的灵魂，我想让他蔑视周围环境，我要他骄傲地与这个环境彻底闹翻。他被我这热情洋溢的友谊吓坏了，他被吓得哭哭啼啼、浑身发抖。他是一个纯真无邪、甘于奉献的人，但是当他整个人毫无保留地听命于我时，我又开始厌恶他，把他推开——仿佛我之前需要他只是为了征服他，只是为了得到他的服从。但是我不可能战胜所有人，我的朋友也是个和谁都不像的人，是个例外中的例外。我中学毕业后的第一件事就是放弃专门委派给我的那个职务，以便和过去断个干净，诅咒那可恶的过去化为乌有、灰飞烟灭。鬼知道，在这之后我为什么又屁颠屁颠地去找西蒙诺夫！……

早上，我早早地翻身起床，激动地从床上跳下来，倒像所有这一切马上就要开始实现了似的。但我相信，我人生的根本性转折正在来临，而且一定会在今天降临。可能是不习惯吧，但我这一生中，每当在外面遇到事情的时候，哪怕是最不起眼的小事，也会让我觉得，我人生的根本性转折马上就要来了。不过，我还是如往常一样去上班，只不过为了做点准备，我提前两个小时就溜回了家。最主要的是，我觉得，我不能是第一个到的人，否则，他们会觉得我非常开心能和他们一起吃这个饭。但是，这类主要的琐事不计其数，让我心慌意乱，耗尽了我的心力，让我无心顾及其他。我亲手把我的靴子又擦了一遍。

阿波罗是绝对不会在一天之内擦两遍鞋子的，他认为这不合规矩。那擦鞋的刷子还是我从前厅偷过来的，然后我才开始擦鞋子，为的就是不让他发现，怕他瞧不起我。然后我又仔仔细细地检查了我的大衣，发现它已经陈旧不堪、破破烂烂了。唉，我这个人简直太邋遢了。制服也许还凑合能看，但总不能穿一身制服去赴宴吧。不过最主要的问题在于裤子，裤子膝盖正中间有一大块黄色污渍。我预感到，就这一块污渍就可以把我的尊严降去十分之九。我也知道，这个想法非常低级。"但是现在顾不上思来想去了，现在面对的是现实。"想到这儿，我就感到沮丧。我当时十分清楚，我过分夸大了这些事，但是有什么办法呢，我浑身忽冷忽热，一直哆嗦个不停。我绝望地想象着，那个下流货兹维尔科夫将会如何高高在上、爱搭不理地迎接我；那个蠢货特鲁多柳博夫又会用多么愚蠢且毫不掩饰的蔑视看着我；而那个小臭虫费尔菲奇金为了奉承兹维尔科夫，又会如何厚颜无耻、肆无忌惮地嘲笑我；还有将这一切尽收眼底的西蒙诺夫又会如何鄙视我那低劣的虚荣心和软弱无力。最主要的是，这一切是多么不值一提，多么不成体统，多么鄙俗啊。当然，最好根本不去。但是这又是绝对不可能的，因为我一旦被什么事情吸引住了，那我就必得整个人都投入进去。如果不去的话，我一定会笑话自己一辈子："怎么，害怕了？害怕现实了？犯尿了？"我非常想向这帮"废物"证明，我不是我自己想象的那样是个孬种。除此之外，在反反复复的冷热病剧烈发作时，我还总幻想着能战胜他们，占据上风，让他们对我感兴趣，进而喜欢上我，哪怕是因为"思想的崇高和不容争辩的聪明"。他们会撇下兹维尔科夫，而他则会一句话不说坐到一旁，满脸羞愧，我将彻底打败兹维尔科夫。然后，说不定我会和兹维尔科夫重归于好，以朋友相称，把酒言欢，但是最让我愤恨不已、怒火中烧的是，那时候我就已经知道了，完完全全知道了，而且一清二楚，实际上，我根本不需要，我也根本不想打败他们，不想征服他们，也不想让他们对我另眼相看，即使我真的完全达到了目的，我自己也会第一个认为这样的结果毫无价值。唉，我一直在乞求上帝，让这一天快点儿过去吧！在不可名状的苦闷中，我走近窗口，打开通风窗，凝视着那片雾蒙蒙的天空，凝视着那纷纷扬扬飘落下来的湿漉漉的雪花……

　　终于，我那木制挂钟咝咝作响地响了五下。我抓起帽子，竭力不看阿波罗（他从今天早上开始就一直在等我给他发工钱，但又出于骄傲，不肯第一个开口提这件事），从他旁边一溜烟地跑走了。走出大门后，我坐上那辆我花了半个卢布特意租来的豪华马车，像个官老爷似的来到了巴黎饭店。

在来的前一天，我就知道，我肯定会是第一个到的。但是问题不在于我是不是第一个到的。

他们不仅谁都没来，而且，我甚至还差点找不到我们定的那个包间。餐桌上什么餐具都没有。这到底是怎么回事? 几番询问下来，我终于从侍应生那里知晓，饯行宴定在六点钟，而不是五点钟。柜台也确认了这一点。我甚至都不好意思再继续问下去了。距离六点，还有二十五分钟。假如他们改了时间，怎么着都应该知会我一声啊，市邮局不就是用来干这个的吗，而不应该让我在自己……还有侍应生面前"当场出丑"。我坐了下来，侍应生开始摆桌，不知怎的，当着他的面，我越发觉得生气。快六点的时候，除了点着的灯以外，包间里又陆续拿来了几支蜡烛。可是侍应生竟然没有想到，蜡烛在我刚来的时候就应该拿上来了。隔壁包间有两位先生在用餐，他们一人一桌，脸色阴沉，一脸怒气，谁也没有说话。远处的一个包间闹哄哄的，甚至还有人大喊大叫，不时还能听到一大群人的哈哈大笑声，还传来用蹩脚的法语发出的尖叫声：那是一场有女人在场的宴会。总而言之，真是让人厌恶。我很少有如此糟糕的时刻，因此当六点整他们齐刷刷地出现在这里的时候，一开始我竟然还十分开心能看到他们，简直把他们当成了我的救星，几乎忘了我其实应该摆出一副生气的样子才对。

兹维尔科夫被众人簇拥着走了进来。他本来和其他人有说有笑的，但是一看到我，兹维尔科夫就端起了架子，不慌不忙地向我走过来，做作地微微弯了弯腰，然后向我伸出了一只手，亲热地，但又不是非常亲热，甚至带着一点练达世事的、几乎是将军般的彬彬有礼，就好像他一边伸出手，一边又在自我防范着什么。这和我原先的想象正相反，我以为他会像以前那样，一进门就哈哈大笑，发出刺耳的声音，还伴随着尖叫，张嘴就是他那枯燥无趣的玩笑和俏皮话。我昨天晚上就想好了如何应对，但怎么也想不到他会拿出这样一副高高在上的大人物似的亲热劲。由此看来，难不成他现在已经完全认为，他方方面面都比我有本事得多？如果他只是想用这一副将军的派头故意气我，我觉得这倒也没什么，我只会啐口唾沫，不理他。但是如果实际上，他并没有任何想气我的想法，他那颗公羊脑袋当真觉得他地位远在我之上，从而将我视为一个被保护者，一个他这个保卫者应当呵护的对象，那该怎么办呢？一想到这个，我就觉得喘不上气来。

"得知您也想来参加我们的聚会，我很吃惊。"他拿腔拿调地开口道，拖着声音，他以前可没这腔调。

"我和您不知怎的一直没碰过面。您总是躲着我们，至于吗，我们没您想象中那么可怕。得啦，您哪，不管怎样，我都很高兴我们能恢——复……"

他漫不经心地转过身，将帽子放在了窗台上。

"您等了很久了？"特鲁多柳博夫问道。

"我五点钟到的，按照昨天你们通知我的时间到的。"我大声且带着马上就要喷涌而出的怒气回答道。

"难道你没通知他改时间了吗？"特鲁多柳博夫转向西蒙诺夫问道。

"没有，忘了。"西蒙诺夫回答道，没有一点懊恼的神色，甚至都没向我表示歉意，就转身去安排凉菜了。

"也就是说，您在这儿已经一个小时了，哎哟，可怜的人啊！"兹维尔科夫嘲弄地喊道，因为在他的概念里，这件事的确非常可笑。在他之后，那个下流货费尔菲奇金像个狗崽子似的用一种下流的、刺耳的声音大笑起来。就连他也觉得我的处境是那么可笑和丢脸。

"这一点儿也不好笑！"我越来越愤怒，冲费尔菲奇金喊道，"是别人的错，而不是我。他甚至都不屑于通知我一声。这——这——这……简直荒唐。"

"不只是荒唐，还有点儿别的什么，"特鲁多柳博夫附和道，天真地为我抱不平，"您也太好欺负了。这简直无礼至极。当然，也不是有意的。西蒙诺夫怎么能这么做……唉！"

"如果有人跟我玩这一套，"费尔菲奇金说道，"我就……"

"对，您就会吩咐别人给自己上点儿菜，"兹维尔科夫打断道，"要不别等了，直接让他们上菜吧。"

"请你们相信，我本可以这样做，不需要任何人的同意，"我插话道，"我等是因为……"

"咱们入席吧，各位，"西蒙诺夫走进来，喊道，"一切都已经准备好了，我来负责开香槟，这酒冰得真不错……要知道，我又不知道您的住处，到哪儿去找您呢？"他突然转向我，如此说道，但不知怎的又不敢看我的眼睛。显然，他早就想好了借口。看来，他昨天就已经想好了。

所有人都入座了，我也坐下了。餐桌是一张圆桌，我的左手边是特鲁多柳博夫，右手边是西蒙诺夫。兹维尔科夫坐在我对面，费尔菲奇金则坐在他旁边，在兹维尔科夫和特鲁多柳博夫中间。

"请——问，您……现在在司里就职？"兹维尔科夫继续和我攀谈。他应该是看到了我的窘迫，因此真的觉得应该关照我，也可以说，让我振作起来。"他怎么了，难道他想让我向他扔酒瓶不成。"我气愤地想道。由于不习惯他这样的风格，我不知怎的立刻生起气来。

"在……司里的一个……办公厅。"我看着盘子，断断续续地说道。

"那……您在那儿工作划得来吗？请——问，是什么促——使您离开之前那个职位的呢？"

"不想在那儿干了，这就是促——使——我离开的原因。"我用比他长两倍的拖音说道，我几乎控制不住自己了。费尔菲奇金哼了一声。西蒙诺夫嘲讽地看了我一眼，特鲁多柳博夫停止了吃东西，开始好奇地看着我。

兹维尔科夫虽感到不快，但还是装出一副不在意的样子。

"那——么——，您的工资怎么样？"

"什么工资？"

"也就是薪——水。"

"您问这么多干什么！"

不过，我还是如实说了我的薪水有多少。我的脸涨得通红。

"不多呀。"兹维尔科夫不可一世地指出。

"对呀，您哪，这都不够在饭店吃一顿的！"费尔菲奇金放肆又无礼地加了一句。

"在我看来，这甚至太少了。"特鲁多柳博夫一本正经地指出。

"所以，看您消瘦的，变化有多大……跟那时相比……"兹维尔科夫又说道，已经不是之前不怀恶意的他了，甚至还带有一种令人生厌的惋惜，边说边打量着我的衣服。

"就别为难人家了。"费尔菲奇金咯咯笑着说道。

"阁下，您得知道，我没有感到不好意思。"我终于爆发了，"请您听着，我在这里吃饭也好，'在饭店'吃饭也好，花的都是自己的钱，我自己的钱，而不是别人的钱，请您注意这一点，费尔菲奇金先生。"

"真——是！谁在这里吃饭不是花自己的钱？您好像……"费尔菲奇金抓住我这句话不放，脸红得不像话，狂怒地看着我的眼睛。

"这样吧，"我回答道，感觉说得有点远了，"我认为，我们最好来说点儿聪明的话题。"

"您似乎打算卖弄您的聪明啰？"

"您不用担心，在这里，这完全是多余的。"

"您这是在胡说八道些什么呢，我的先生，难不成，您那在

'丝' ①里待的脑瓜子都不好使了?"

"够了,先生们,别吵了!"兹维尔科夫威严地喊道。

"这简直太蠢了!"西蒙诺夫埋怨道。

"的确,很愚蠢,我们本来打算搞个友好的聚会,来为一位好朋友饯行,您却闹成这样,"特鲁多柳博夫只对着我粗鲁地说道,"昨天是您自己非要来参加我们的宴会的,请您不要破坏我们的气氛……"

"够了,够了,"兹维尔科夫喊道,"别吵了,先生们,这不合适。让我来跟你们说说我三天前差点结婚的事吧……"

然后他就开始讲他的故事了,讲这位先生是如何在三天前差点结婚的事。不过,关于结婚,他的故事里可一个字儿都没有,讲的都是些将军、校官,甚至还有宫廷侍从,而兹维尔科夫似乎是他们的头儿。伴随着他的故事,响起了一片赞赏的笑声,费尔菲奇金甚至还尖叫起来。

我被所有人晾在一边,沮丧而又尴尬地坐在一旁。

"上帝啊,我怎么就和他们凑到一起了呢!"我想道,"我在他们面前表现得像个十足的傻瓜!而且我也太给费尔菲奇金脸了。这群蠢蛋还以为,让我和他们同在一张桌上是对我的恩

---

① 应该是"司"里,费尔菲奇金在这里故意说错,以表蔑视。

赐，却不知道，这是我给他们的恩赐，而不是他们给我的！'瘦了！衣服！'噢，这该死的裤子！兹维尔科夫刚刚注意到了我裤子上的黄色污渍……还在这儿干什么！现在，立刻从椅子上起身，拿上帽子就走，不要说一句话……出于蔑视！哪怕明天来场决斗。这些浑蛋们，要知道我不是心疼这七卢布。或许，他们会认为……真见鬼！我不是心疼那七卢布！我现在就起身离开！……"

不用说，我还是留了下来。

因为心里不痛快，我一杯接一杯地喝起拉斐特酒和核列斯酒。可是由于不习惯，我很快就醉了，在这醉意中，愤怒也在一点一点地增长。我突然想用一种最粗鲁的方式将他们侮辱个遍，然后再拂袖而去。找个机会让他们瞧瞧我的能耐，就让他们说：这个人虽然可笑，但很聪明……而且……而且……总之，让他们见鬼去吧！

我在醉眼蒙眬中，颇为放肆地瞥了他们一眼。但是他们好像已经完全不记得还有我这么个人了。他们吵吵闹闹，又喊又叫，气氛热闹不已。兹维尔科夫一直在说话，我开始听他在说些什么。兹维尔科夫在说一位丰满的太太，她对他迷恋不已，最后还向他告白了（当然，他是在撒谎）。他的一位挚友在这件事上帮了他大忙，这位挚友名叫科里亚，是一位公爵，同时还是骠骑兵，家里有三千农奴。

"不过，这位拥有三千农奴的科里亚怎么没参加这次宴会来给您饯行呢?"我突然插入了他们的对话。一时间众人无言以对。

"您已经醉了。"终于，特鲁多柳博夫轻蔑地看向我这边，开口道。兹维尔科夫一言不发地看着我，就像在看一只微不足道的爬虫。我垂下了眼帘。西蒙诺夫连忙开始给大家倒香槟。

特鲁多柳博夫举起了杯子，所有人都跟着他一起举起了杯子，除了我。

"祝您身体健康，一路顺风!"他向兹维尔科夫叫道，"为我们这么多年的交情，先生们，也为我们的未来，干杯!"

所有人都一饮而尽，并走过去亲吻兹维尔科夫的脸颊。我没动，满满的一杯酒就这样原封不动地摆在我眼前。

"难道您不打算喝吗?"特鲁多柳博夫失去了耐心，怒目圆睁地冲我喊道。

"我想单独说一段致辞，尤其……到那时我再喝，特鲁多柳博夫先生。"

"讨厌的无赖!"西蒙诺夫嘟囔道。

我挺直腰板坐在椅子上，心潮澎湃地拿起酒杯，似乎准备做点儿与众不同的事儿，我自己都不知道我会说些什么。

"安静!"费尔菲奇金喊道,"真正的智慧之言可要来啦!"

兹维尔科夫一脸严肃地等着我的致辞,他清楚我会说什么。

"兹维尔科夫中尉先生,"我开口道,"您知道我痛恨一切空话、说空话的人以及惺惺作态……这是第一点,接下来就是第二点。"

说到这,他们开始骚动起来。

"第二点:我痛恨一切风流韵事和好色之徒,而且尤其是好色之徒,最是可恨!"

"第三点:我爱一切真理、真诚和正直,"我几乎机械地继续说道,因为我已经被吓得浑身冰凉了,我自己也不知道我怎么会说出这样的话……"我热爱思想,兹维尔科夫先生,我热爱真正的、平等相待的友谊,而不是……哼……我爱……不过,我说这些干吗呢?为您的健康干杯,兹维尔科夫先生。祝您成功勾引到契尔克斯的那些女人,也祝您消灭那些祖国的敌人和……和……兹维尔科夫先生,为您的健康干杯!"

兹维尔科夫站起来,向我鞠了一躬,说道:

"非常感谢您。"

他被气得不行,脸都白了。

"真是见鬼!"特鲁多柳博夫一拳砸在桌上,大声咆哮道。

"不,您哪,就该给他一巴掌!"费尔菲奇金喊道。

"应该把他赶出去!"西蒙诺夫恼恨地说道。

"别说了,各位,也别动手!"兹维尔科夫威严地喊道,压下了众人的怒火,"感谢你们大家,但是我自己能向他证明,我有多么重视他这些话。"

"费尔菲奇金先生,出于您刚才所说的话,我要求您明天同我决斗!"我胆大妄为地冲费尔菲奇金大声说道。

"您要跟我决斗? 那请吧。"他回答道。但是可能我的样子太滑稽了,和我的体格一点也不匹配,因此所有人都哈哈大笑起来,费尔菲奇金随后也跟着笑得前仰后合。

"好了,别理他! 他已经醉了!"特鲁多柳博夫蔑视地说道。

"我永远也不能原谅自己,竟然让他来了!"西蒙诺夫再一次嘟囔道。

"现在就把酒瓶子都砸到他们身上。"我这样想着,拿起了酒瓶,然后……给自己把酒倒满了。

"……不,最好还是坐到最后!"我继续想,"各位,我要是走了,你们可就高兴了。可我偏不走。我偏要这样一直坐在这,喝到最后,以示我对你们的不屑一顾。我偏要一直坐在这,喝到最后,因为这里是酒馆,而我可是掏了钱进来的。我就要一直坐在这,喝到最后,因为在我眼里你们都是些无名小卒,一些不值一提的无名小卒。我要一直坐在这,喝到最后……如果我想的话，我还要唱起来，没错，我还要唱歌，因为我有这个权利……唱歌的权利……哼。"

　　但我没有唱歌。我只努力不看他们中的任何一个人，摆出一副遗世独立的姿态，心急地等着他们先开口和我说话。但是，唉，他们没有。这一刻我多么希望和他们和解呀！八点钟了，最后到了九点钟。他们从餐桌转移到了沙发处。兹维尔科夫四肢伸展地躺在长沙发上，将一条腿搭在圆桌上。侍应生把酒也端了过来。他真给他们拿来了三瓶自己的酒。当然，他没叫我过去。所有人都围着他坐在沙发上。他们听着他说话，神色中似乎还可见一丝虔诚。看得出来，他们都爱他。"为什么？爱他什么呢？"我暗自想道。他们有时喝到兴头上，甚至还会亲吻对方。他们聊高加索，聊什么是真正的热情，聊打牌赌博，聊办公室里那些肥差，聊他们谁也不认识的骠骑兵哈尔热夫斯基有多少收入，而且为他的高收入开心不已，他们还聊某姓公爵夫人那倾国倾城的美貌以及撩动人心的风情，尽管他们谁都没见过那位公爵夫人，最后，又聊到了永垂不朽的莎士比亚。

　　我轻蔑地笑着，在房间里正对着沙发的另一侧，沿着墙边，在餐桌和炉子之间来回地走来走去。我竭尽全力地想要证明，我没有他们也没什么大不了的，而且我还故意用脚后跟走路，将靴子踩得咚咚响。但这一切都没什么用。他们根本理都不理我。我耐心地在他们前面走来走去，从八点钟走到十一点钟，从始至终就这一个动作，从餐桌边走到炉子那儿，又从炉子那儿走回餐桌边。"我只管就这样走着，谁也没有权利不让我这么做。"进入包间的侍应生好几次停下脚步看着我。由于频繁地转来转去，转得我头都晕了，有那么一些瞬间，我觉得我都说胡话了。在这三个小时里，我出了三次汗，衣衫湿了三次，又被焐干三次。有时，一个想法恶狠狠地扎入我的内心，那就是，即使过了十年、二十年、四十年，哪怕再过四十年，我还会倍感厌恶和屈辱地回忆起我一生中这个最腌臜、最荒唐、最可怕的时刻。我这是在无耻地、心甘情愿地自取其辱，我十分清楚这一点，也明白得不能再明白，但我还是继续在餐桌和炉子之间走来走去。"噢，如果你们能了解我内心深处的那些感情和想法，如果你们能知道我是多么学识渊博，那就好啦！"有时我在心里对着沙发上我那些敌人这么想道。但我那些敌人却表现得好像屋子里压根儿没我这个人似的。一次，只有一次他们转身向我看过来，就是当兹维尔科夫谈起莎士比亚的时候，我突然在一旁轻蔑地哈哈大笑了起来。我十分做作又恶狠狠地冷哼一声，打断了他们的对话，他们一言不发地观察了我两三分钟，表情严肃，脸上没有丝毫笑意，就这样看着我如何沿着墙边，在餐桌和炉子间来回地走动，看着我如何对他们视而不见。可是，是我枉费心机了，他们什么也没说，过了两分钟又再次把我晾在了一边。钟敲了十一下，十一点了。

"各位，"兹维尔科夫从沙发上起身，喊道，"我们现在去那儿①吧。"

"当然，当然!"其他人附和道。

我猛地转向兹维尔科夫。我已经被折磨得心力交瘁了，只要能让我摆脱当下的痛苦，哪怕抹了我的脖子，我也不在乎!我浑身忽冷忽热，被汗水打湿的头发干了之后紧紧贴在我的前额和两鬓上。

"兹维尔科夫! 我请求您原谅，"我生硬且坚决地说道，"费尔菲奇金，我也请求您的原谅，所有人，请大家原谅，我让你们受辱了!"

"哼哼! 决斗可不是开玩笑的!"费尔菲奇金阴阳怪气地低声说道。

我的心仿佛被狠狠地给了一拳。

"不，我不怕决斗，费尔菲奇金! 我已经准备好明天和您决斗了，只不过必须在我们和好之后。我坚持这么做，您不能拒绝我。我想向您证明，我不怕决斗。就让您来开第一枪吧，而

①指妓院。——译者注

我会朝天开枪。"

"他这是自己安慰自己。"西蒙诺夫指出。

"简直是胡说八道!"特鲁多柳博夫回道。

"请让我们过去,您挡住路了!……您到底要干什么?"兹维尔科夫轻蔑地说道。他们所有人的脸都通红,眼睛直泛光,他们都喝多了。

"我请求得到您的友谊,兹维尔科夫,我让您生气了,但是……"

"生气?您——您?让我——我?亲爱的先生,您得知道,在任何时候、任何情形下您都是无法让我生气的!"

"得了吧您,起开!"特鲁多柳博夫附和道,"我们走。"

"奥林匹娅是我的,各位,说好了啊!"兹维尔科夫喊道。

"我们不跟您抢!不跟您抢!"他们笑着回答他。

我备受唾弃地站在那儿。他们一伙人就这样吵吵闹闹地走出了包间,特鲁多柳博夫还哼起了一首不三不四的歌。西蒙诺夫因为给侍应生派小费,所以稍稍多留了一会儿。我猛地向他走去。

"西蒙诺夫!请借我六卢布!"我坚决而又绝望地说道。

他睁着那双呆呆的眼睛,瞠目结舌地看着我。他也喝醉了。

"难不成您也要和我们一起去那儿吗?"

"是的!"

"我没钱!"他拒绝道,冷笑了一声,然后走出了包间。

我抓住了他的军大衣。这真是一场噩梦。

"西蒙诺夫! 我看见您的钱了,您为什么拒绝我? 难道我还能赖您不成? 您要是拒绝我的话,那您可得当心了,如果您知道,如果您知道,我为什么求您的话,您就不会拒绝我了! 这关系很大,这关乎我的整个未来,关乎我的全部规划……"

西蒙诺夫掏出钱,几乎是把它丢到我身上的。

"拿去吧,既然您这么无耻的话!"他毫不留情地说道,然后去追其他人了。

我一个人留在那里待了片刻。包间里一片狼藉,桌上是残羹剩饭,地上是碎掉的高脚杯、喝剩的酒、香烟的烟头,脑袋里是一片醉意和混混沌沌,心中是令人痛苦的愁绪,还有那个将一切尽收眼底、尽入耳内的侍应生,此刻正好奇地看着我的眼睛。

"上那儿去!"我喊道,"要么他们给我跪下,抱着我的腿,乞求我的友谊,要么……要么我甩兹维尔科夫一记大耳光!"

"这才是，这才是终于接触到了现实，"我一边嘟囔着，一边飞快地跑下楼梯，"这可已经不是从罗马逃往巴西的教皇，也不是科莫湖畔的舞会了!"

"你这个浑蛋!"我的脑中响起一道声音，"现在竟然还在取笑这件事。"

"就这样吧!"我自问自答着喊道，"现在一切都完了!"

大街上已经找不到他们的身影了，但是无所谓，我知道他们去了哪儿。

台阶旁停着一辆雪橇，一位夜晚还在工作的穿着粗呢大衣的车夫先生坐在上面。今晚的雪花湿漉漉的，潮湿中似乎带了点温暖，它们纷纷扬扬地落在了雪橇和车夫身上。天气又潮湿又闷。拉雪橇的那匹花斑小马鬃毛蓬松杂乱，身上落满了雪花，并且还打着响鼻，我清楚地记得这一点。我急忙跑到那个用树皮编制的雪橇那儿，但就在我刚抬腿准备坐上去的时候，突然想起了西蒙诺夫借给我六卢布的事，我顿时浑身无力，就像一个口袋似的瘫坐在了雪橇上。

"不行！要想弥补这一切，还得做很多事！"我高声喊道，"但是我必须弥补，要不然今晚我必定血溅当场。走！"

我们动身了。耳边凛冽的冷风、纷乱的雪花并没打断我的思绪。

"跪在我的脚边并且乞求得到我的友谊——他们不会这么做的。这是异想天开，这是低级又令人厌恶的异想天开，就像科莫湖畔的那场舞会一样。因此我应该甩兹维尔科夫一记耳光！我应该这么做。就这样，我决定了，我现在就冲过去给他一记耳光。"

"快点儿！"

车夫拉紧了缰绳。

"我一到那儿，就给他一巴掌。要不要在扇耳光之前说个开场白？不！直接进去就扇。他们一定都坐在大厅里，而兹维尔科夫一定会和奥林匹娅坐在沙发上。这个可恶的奥林匹娅！她有一次竟然嘲笑我的脸蛋，甚至还拒绝了我。

"我要一把抓住奥林匹娅的头发，同时揪住兹维尔科夫那两只耳朵！不，还是揪一只耳朵好了，揪着他满屋转。或许他们所有人都会扑上来打我，把我推开。这甚至是非常肯定的。随便吧！反正我已经先扇了他一记耳光了，就让他们打吧！毕竟是我先挑的事儿，不过谁丢了面子，已经一目了然。他已经遭受了奇耻大辱，无论怎么打回来都抵不掉自己脸上的那一巴掌，除了决斗。他必须决斗。就让他们现在打我好了。随便，他们这群卑鄙小人！特鲁多柳博夫会打得最狠，他力气最大，费尔菲奇金肯定会从一侧抓住我，而且一定是抓我的头发，肯定是这样。不过随便吧，由他们去吧！我也正是为了这一点才去的。他们这几个山羊脑袋终于不得不尝尝他们所种的苦果了！当他们把我往门口拖的时候，我会冲着他们喊，骂他们实际上连我的一根小指头都比不上。"

"快点儿，拉车的，快走！"我冲车夫喊道。

车夫被吓得一哆嗦，挥起了鞭子。不过我的叫声也的确吓人。

"天亮我们就决斗，这已经是板上钉钉的事了。司里的职位肯定保不住了。那该死的费尔菲奇金刚才还把'司'说成'丝'。不过，我去哪儿能搞到一把枪呢？废话！我可以预支一笔薪水，然后去买一把。那火药呢，子弹呢？那是决斗见证人的事。来得及在天亮前完成这些事吗？我上哪去找决斗见证人呢？我又没有朋友……"

"废话！"我喊道，耳边的风更加凛冽了，"废话！"

"我在街上遇到的第一个人就可以当我的决斗见证人，我要请求他帮助我，他也必须同意当我的决斗见证人，就像理所应当要将一个溺水的人从水里捞出来一样。也应该允许一些不合常理的情况出现。哪怕明天我去请求科长做我的决斗见证人，他也应该会出于骑士精神应允我，并为我保守秘密！安东·安东诺维奇……"

问题在于，哪怕是在这个时候，我也比这世上所有人都看得更清楚、更明白，我这些设想有多么无耻、多么滑稽，甚至我还清楚地看到了这么做的一系列不利后果，但是……

"快点儿，拉车的，快点儿，浑蛋，快点儿走！"

"好嘞，老爷！"那乡下人说道。

寒冷突然向我袭来。

"要不然还是……最好还是……现在直接回家吧？我的上帝啊！为什么，为什么我昨天主动提出要来吃这顿饭！不行，绝不！那又干吗从餐桌走到火炉，来来回回地走三个小时呢？不，是他们，他们要为我这三个小时的来回溜达付出代价！他们必须给我洗刷掉这一身的屈辱！

"快点儿！

"那如果他们把我送进警察局怎么办？他们不敢！他们怕丢了面子。可如果兹维尔科夫不屑于和我决斗，该怎么办？这甚至是肯定的；不过到时候我会向他们证明……等他明天动身出发的时候，我会冲进驿站，在他爬上马车的那一刻，一把抓住他的腿，扯下他的外套，然后再一口咬住他的胳膊，狠狠地咬上一口。'你们看哪，一个绝望的人能被逼到什么地步！'哪怕他狠狠地打我的头，哪怕其他人都把我往后拽。我仍会向所有围观的人喊道：'大家快看啊，就是这个小兔崽子，满脸都是我啐他的唾沫，还想去勾引契尔克斯的女人呢！'

"当然，这之后，一切都完了！司里的职位也彻底完了。我会被抓起来，然后被起诉，被人从职位上赶下来，送进监狱，最后被发配到西伯利亚去。无所谓！十五年之后，当我从监狱出来，我就穿着我那身破破烂烂的衣服，乞穷俭相地去找他。我会在省城某个地方找到他。那时他已经成了家，而且幸福美满。他还会有一个成年的女儿……我会对他说：'你看啊，你这个败类，你看看我塌陷的脸颊，看看我身上的破布烂衫！我一切都没了，前途、幸福、艺术、科学、心爱的女人，都没了，这一切都是你造成的。这是两把手枪，我来是为了把手枪里的子弹用光，以及……以及原谅你。'然后我会朝天开枪，之后，世上再无我的音信……"

我甚至哭了，尽管此刻我非常清楚地知道这一切都是西尔维奥和莱蒙托夫的《假面舞会》中的情节。突然间，我羞愧难当，这种羞愧让我叫停了马车，我从雪橇上下来，站在了街道正中间的雪地上。车夫叹着气，惊诧地看着我。

"我该怎么办? 去那儿已经不行了——那简直是胡闹, 可就让这件事不了了之的话, 这烂摊子该怎么办……上帝啊! 这怎么能不了了之呢! 而且还是在受了如此屈辱之后!"

"不!"我喊道, 又急忙坐回雪橇, "这是上帝的安排, 命中注定啊! 快点儿, 快点儿走, 去那儿!"

我不耐烦地用拳头捶了一下车夫的脖子。

"你这是干吗, 为什么打人?"那个乡下人喊道, 不过还是使劲抽了他的马一鞭子, 那马吃痛地用后腿尥起了蹶子。

湿漉漉的雪花纷纷扬扬地落下, 我衣口大开, 但我已经顾不得了。我忘了其他的一切, 因为我已经下定决心去打那记耳光。我有一种惊恐的感觉, 那就是这件事马上就要发生, 就现在, 什么也无法阻挡我。萧条的路灯在茫茫大雪中闪着阴森的光, 就像一个个送葬的火把。雪花钻进我的衬衫、外衣和领带下面, 随即融化在里面, 我没有裹紧衣服, 要知道即使不这样, 我也已经失去一切了! 我们终于到了。我头脑一片空白地跳下了车, 顺着台阶跑了上去, 到了门口, 开始手脚并用地敲门。我的两条腿和膝盖尤其酸软无力。不知怎的门很快打开了, 就好像知道我要来似的。(果然, 西蒙诺夫已经提前招呼过, 或许还有一个人要来, 来这儿的人本来就得事先打招呼, 总之得事先防范一下。这是当时那些"盛行的商店"之中的其中一家,不过现在这些商店早都被警察取缔了。白天这里的确是商店，但是晚上只有经人介绍才能光顾它。）我快步走过一片漆黑的店铺，来到熟悉的客厅里，那里只点了一支蜡烛，我疑惑不解地停下脚步，这里竟然一个人都没有。

"他们在哪儿?"我向一个人问道。

他们，不必说，玩乐够了就回家了……

我面前站了一个人，脸上挂着愚蠢的笑容，她是这里的老鸨子，和我有点儿交情。一分钟后，门开了，进来另一个人。

我旁若无人地在房间里溜达起来，似乎还在自言自语。我就像在死亡线上转悠了一遭，整个人都在为劫后余生而欢喜不已，要知道我本来是来扇人耳光的，我本来是一定要、必须要甩出一巴掌的! 但现在他们却不在这里，而且……一切都消失了，一切也都变了个样儿! ……我环顾四周，还没有缓过神来。我眼神呆滞地看着走进门来的那位姑娘，一张充满朝气的、有点苍白的年轻脸蛋出现在我眼前，那张脸上有两道墨黑的柳叶眉，面色严肃，目光中带着点讶异。我一下子就喜欢上了这副表情，如果她笑容满面的话，我反而会厌恶她。我开始仔细地打量她，不过对我来说，这似乎有点吃力了，因为我的思绪还没有完全集中起来。这张面孔上似乎能够看到某种纯真和善良，但是不知怎的，还能看到一种近乎怪异的严肃感。我相信，正是因为这一点，她在这里并不吃香，那些蠢货们，没有一个人能发现她的好。不过，她也算不上一个美人，哪怕她个子高挑，体态健美，身材凹凸有致。她的穿着十分简朴。这时，一个龌龊的念头咬了我一口，我径直向她走去⋯⋯

我不经意间朝镜子看了一眼。只见我一脸惊恐、狰狞，面如土色，神色间还流露出下流之气，再加上一头蓬乱的头发——这副鬼样子我自己看了都觉得恶心。"就这样吧，我喜欢这个样子，"我想道，"我就想让她看到我恶心的样子，这让我很开心⋯⋯"

……隔板后的某处仿佛受到了强烈的压力，又仿佛被抑制住了呼吸，挂钟发出咯吱咯吱的响声。在一段持续了很长时间的、极其不自然的咯吱声后，传来一阵尖锐、刺耳、突如其来的报时声，那声音就像是有人突然尖叫了一声似的。钟敲了两下。我醒了过来，其实我根本没睡着，就只是昏昏沉沉地躺了一会儿。

这个房间不大，低矮又窄小，却摆了一个巨大的衣柜，地上堆满了硬纸盒、女人的衣服和各种杂物，房间里几乎伸手不见五指。房间尽头的桌子上一支燃尽了的蜡烛头，已经熄灭了，只有偶尔闪出的一点微光能证明它的存在。再过几分钟房间里应该就会完全陷入黑暗。

不久，我就完全清醒了，我不费吹灰之力就想起了一切，仿佛这记忆一直守在我身边，随时伺机再次涌入我的脑海。我的记忆里似乎常常残存着某一个难以忘怀的点，即使在我意识最不清醒的时候，它也没有消失，我的梦魇也围着它转悠。但奇怪的是，今天发生在我身上的一切，在我意识清醒后的现在，我竟然觉得仿佛是很久很久之前的事了，就好像我早已从这一切带来的影响中走出来了。

我的脑海中有什么在躁动着。似乎有什么东西在我头顶盘旋，在触动我，让我心潮澎湃，扰乱我的心扉。苦闷和怒火又一次在我心中激荡，寻找着宣泄口。突然，在我的旁边，我看到了两只睁着的眼睛，正好奇又倔强地审视着我。那目光冷若冰霜，还透着一股忧郁，就好像在看一个完全陌生的人，被这样的目光注视着，可真让人不自在。

我的脑海中产生了一个忧郁的想法，并且像一种糟糕的感觉一样在四肢百骸间化开，那种感觉就像走进了潮湿、满是霉味的地下室一样。不知怎的我觉得不太自然，为什么偏偏是现在这两只眼睛要开始审视我呢。我又想起来，在过去的两个小时里，我没和这个人说一句话，也压根儿不认为有这个必要；我甚至还有点莫名地喜欢这样。现在我才清楚地意识到，这是多么荒唐又下流的淫乱，像蜘蛛一样恶心，没有任何爱意，直接从情到正浓的时候才做的事情开始，粗鲁又不知羞耻。我们就这样彼此对看了很长时间，但是她并没有在我的注视中垂下眼帘，也没有移开她的视线，最后，我不知怎的竟感到害怕了。

"你叫什么名字?"我磕磕巴巴地问道，想要快点结束这令我不自在的局面。

"丽莎。"她悄声回答道，但是态度十分冷淡，然后移开了眼睛。

我沉默了一会儿。

"今天天气不怎么好……下雪了……挺大的雪!"我几乎是自言自语道，忧愁地将一只手枕在脑后，看着天花板。她没接话。这一切简直糟透了。

"你是本地人吗?"过了一分钟，我微微将头转向她那边，几乎是带着火气问道。

"不是。"

"那你是从哪儿来的?"

"里加。"她不太情愿地说道。

"德国人?"

"俄罗斯人。"

"在这儿很久了?"

"在哪儿?"

"这个'商店'。"

"两个星期。"她说话越来越断断续续。那个小蜡烛已经完全熄灭了,我已经看不清她的脸了。

"父亲和母亲还健在吗?"

"在……不……在。"

"他们现在在哪儿?"

"在那儿……在里加。"

"他们是干什么的?"

"就是……"

"是什么? 干什么的,什么身份?"

"普通市民。"

"你之前一直跟他们住一起吗?"

"是的。"

"你今年多大了?"

"二十岁。"

"为什么离开他们呢?"

"没什么……"

这个"没什么"的意思就是:别纠缠我了,太烦人了。我们都沉默了。

天知道我为什么没离开。我自己也觉得越来越恶心,越来越忧愁。过去一天发生的各种事情开始不受控地自行在我记忆中杂乱无章地闪现。我突然想起我今天早晨心事重重地去上班的时候在大街上看到的场景。

"今天有人往外抬棺材的时候,差点掉地下。"我突然说了出来,我本来并不想说的,这几乎是无意中说出口的。

"棺材?"

"对,在干草市场那儿,从地窖里抬出来的。"

"从地窖里?"

"不是从地窖,是从地下那层……你知道,在下面……从一间很破的房子里……四周都是泥土……鸡蛋壳、垃圾……散发出阵阵恶臭……十分恶心。"

沉默。

"今天下葬的时候,真是糟糕!"我再次开口道,仅仅是为了不再沉默。

"为什么糟糕?"

"下雪,还湿乎乎的……"（我打了个哈欠）

"反正都一样。"沉默一会儿后,她突然开口道。

"不,真的很糟糕……（我又打了个哈欠）掘墓人一定会咒骂,咒骂这雪打湿了他们的衣服。墓坑里一定也会进水。"

"为什么水会进墓坑里?"她好奇地问道,但是却比刚才更含糊,更结巴了。不知怎的,一股无名火涌了上来。

"怎么不能,水积在坑底,足有六俄寸。在沃尔科夫公墓,你绝对挖不出一处干燥的墓。"

"为什么?"

"什么为什么? 那地方水多,到处都是沼泽,所以人们干脆把棺材放进水中了。我亲眼见过……很多次……"

（我从来没见过,一次都没有,也从来没去过那儿,只是听别人说起过。）

"你觉得死不死都无所谓吗?"

"我为什么要死?"她似有防备地回答道。

"你总有一天会死的,就像刚刚死去的那个女人一样。那也是……一个姑娘……死于肺痨。"

"妓女要是死在医院里就好了……"（我心想,她知道这件事,所以用"妓女"这个词,而不是"姑娘"。）

"她应该是欠了老鸨的钱，"我反驳道，愈发想要和她辩上一辩，"哪怕得的是肺痨，几乎都快断气了，还在接客。车夫们拉车的时候和大兵们闲聊，都在说这件事。可能是她的旧相识吧。他们说说笑笑地聊起这件事，甚至还准备到酒馆里去悼念她。"（我在这里添油加醋，说了许多本没有的事。）

沉默，深深的沉默。她甚至没有丝毫情绪起伏。

"难不成死在医院就更好？"

"这不是都一样吗？……可我又为什么要死？"她气冲冲地补充道。

"现在不会，那么以后呢？"

"以后就以后再说……"

"不能这样！你现在年轻、漂亮，像一朵花似的，大家都把你捧在手心里。可一年以后，当你青春不再的时候，一切就会不一样了。"

"一年以后？"

"不管怎么，一年以后，你会越来越不值钱。"我幸灾乐祸地继续说道，"你会离开这里去一个更差的'商店'。再过一年，到第三个地方，就更小更破了，七年之后，你就会沦落到干草集的地下室去①。这还算好的。更加雪上加霜的是，你生病了，

①彼得堡干草市场周围的胡同里有许多在地下室的下等妓院。——译者注

嗯，肺病……或者感冒，又或者别的什么病。干你们这行，一旦生病了很难康复，若疾病缠身，就很难摆脱了。到时候只剩死路一条。"

"那我就死吧。"她怒不可遏地回答道，并且猛地翻了个身。

"那就可惜了。"

"谁可惜？"

"可惜了这人生。"

沉默。

"你有未婚夫吗？啊？"

"跟您有什么关系？"

"我不是向你刨根问底，这也不关我的事。你生什么气？当然，你也有烦心事。但跟我有什么关系？只不过是感到惋惜而已。"

"为谁？"

"为你感到惋惜。"

"没必要……"她低声说道，又翻了个身。

我立马就生气了。怎么能！我对她这么温柔，这么关心，可她却……

"你到底在想什么？你走的是条正经路吗？啊？"

"我什么也没想。"

"你什么都没想就更糟了。快点清醒过来吧，趁时间还来得及。现在还来得及，你现在还年轻，长得也漂亮，还可以拥有爱情，找个好丈夫，过上幸福的生活……"

"嫁人不一定就会幸福呀。"她用之前那不算清晰的语调快速地反驳道。

"不是所有人都是幸福的，这是自然，但还是比这里好得多，而且不是一般的好得多。没有爱、没有幸福也可以生活下去，即使痛苦，生活也是美好的。生活在世上，甚至不管你怎么活，本身就是一件美好的事情。而在这里，除了……恶臭，别无其他，呸！"

我嫌恶地翻过身去，我已经没办法冷静地说教了。我开始对自己正在说的话有所感触，激动起来。我渴望把内心角落里那些秘密都说出来。突然某种东西在我心中沸腾起来，某个目标"出现"了。

"你别看我在这里找乐子，但我绝对不是你的榜样。我可能比你还糟糕。不过，我是喝醉了才来这里的。"我还是急忙为自己辩解道，"况且女人和男人本来就不能相提并论，完全是两码事儿。哪怕我自甘堕落，糟蹋自己，但我不是任何人的奴隶，我来了，又走了，也就没我什么事儿了。抖掉身上的尘土，我又是另外一个人了。可你呢，你从一开始就是个奴隶。没错，一个奴隶！你把一切，把你的整个意志都献出来了。哪怕你以后想斩断这些枷锁，都已经不行了，它们会紧紧地束缚住你，越来越紧。枷锁这东西就是这么可恶。我可太了解它了。别的我就不多说了，说了你也不一定能懂。话又说回来，你大概是欠了老鸨子的钱吧？嗯，你看吧！"我补充道，尽管她什么也没说，只是一言不发地仔细听着，"这就是你的枷锁！你已经永远无法挣脱了。他们一定不会让你走的。你这就相当于将灵魂抵押给了恶鬼……

"而且，我……可能也是个可怜人，你又怎么知道呢。可能我也是故意堕落，也是出于苦闷。要知道，人们一般都是因为痛苦而买醉，嗯，我出现在这里，也是由于痛苦。你说说看，这里有什么好的，我们俩……刚刚……在一起了，但整个过程中我们一句话也没说，直到刚才你才开始像一个盯着猎物的野兽似的审视我，我也一样。难道人们就是这样相爱的吗？难道人和人之间应该这样彼此交好吗？这简直不像话，太不像话了！"

"对！"她突然声音尖锐又急切地附和了我。我甚至因为这一声"对"而惊讶不已。也就是说，或许，在她之前审视我的时候，同样的念头也盘旋在她脑海里？也就是说，她也能思考一些问题了？……"见鬼，这倒有点儿意思了，这是不谋而合了啊。"我心想，差点没兴奋地搓起手来，"我还应付不了这么一颗年轻的心?……"

我可太喜欢装腔作势了。

她将头转过来，离我更近了，一片黑暗中，我隐隐约约地看到，她正用一只手支着脑袋。或许，她正在打量我。真是可惜，我看不清她的眼睛，但我听到了她沉重的呼吸声。

"你为什么来这儿?"我带着些许威严的口气问道。

"没什么……"

"要知道，待在父亲家里多幸福啊! 又温暖，又自在，还是属于自己的安乐窝。"

"要是家里比这更差呢?"

"得投其所好，"我脑中蓦地闪现出这个念头，"一直走情感路线看来是行不通了。"

不过，这个念头只是一闪而过。我敢发誓，她的确勾起了我的兴趣。再加上我当时也有点无力，又思绪不宁。而且要知道，弄虚作假和真情实感是很容易和睦相处的。

"谁说的!"我急忙说道，"世事难料。我相信，你曾被人欺辱过，而且是别人更对不起你，你并不是有过错的那一方。我虽然对你的身世一无所知，但是像你这样的好姑娘，肯定不会心甘情愿地到这儿来的……"

"我算什么好姑娘呢？"她声音特别小，几乎听不清她说的什么，但我还是听到了。"见鬼，我竟然在讨好她。真恶心。但，或许这是件好事……"

她一言不发。

"丽莎，我来说说我的故事吧！有一件事，我总是无法释怀，我常想，如果我小的时候能有一个家，我就不会是现在这副样子了。要知道，家里再怎么不好，父母都是最亲的人，他们不是你的敌人，也不是外人。哪怕一年里他们只有一次向你表现出爱意，但你心里明白，你是在自己家里。我没有家，就这样自己长大了，或许正是因为这个，我才变成了……一个如此无情的人。"

我又等来了沉默。

"可能她没懂是什么意思。"我心想，"真是太可笑了，我竟然在说教。"

"如果我是当爹的，而且还有一个女儿的话，比起儿子我可能会更疼爱女儿，真的。"我隐晦地说道，仿佛我不是在为了讨她欢心似的。坦白说，我还脸红了。

"这是为什么？"她问道。

看来，她在听！

"嗯，我也不知道，丽莎。你瞧，我认识一位已为人父的人，他不苟言笑，总是一副冷酷无情的样子，但是却常常跪在女儿面前，亲吻她的小手和小脚，怎么疼爱都不够，真的。女儿在晚会上跳舞，他就站在一个地方，目不转睛地看着她，一站就是五个小时。他爱女儿爱得发狂，我知道这点。晚上，她疲惫不堪，酣然入梦，他却在一觉睡醒之后就去亲吻睡梦中的女儿，还画十字为她祈祷祝福。他自己整日穿着油渍斑斑的破旧衣衫，对其他人都吝啬小气，但是却愿意为女儿一掷千金，花光最后一分钱。为她买贵重的礼物，如果女儿喜欢那件礼物，他就会高兴不已。父亲总是比母亲更爱女儿，一个姑娘，生活在家里多幸福啊！至于我，可能都不舍得让我的女儿嫁人。"

"这是为什么？"她微笑着问道。

"我会吃醋，真的。她怎么能亲吻另外一个男人呢？怎么能爱另外一个人胜过爱自己的父亲呢？想到这儿我就难受。当然，这些都是废话，每个父亲终会想通的。但要是我的话，在她嫁出去之前，害怕她所托非人的念头会一直折磨着我，我会一再地挑剔她那些未婚夫。但最终的结果，还是把她嫁给她喜欢的那个人。不过要知道，女儿喜欢的那个人，总是父亲最不喜欢的那个。就是这样。家庭不和常常由此引发。"

"有些人却情愿将女儿卖掉，也不愿把她堂堂正正地嫁出去。"她突然开口道。

啊！原来是这么回事！

"丽莎，这只发生在那些可恶的家庭里，那种既不受上帝庇佑，又没有爱的家庭。"我热切地接上话，"没有爱的地方自然也就没有理智。的确有这样一些家庭，但我之前所说的家庭可不属于这一类。显然，你在自己的家里没有体会到幸福，所以你才有此一说。真是个可怜的姑娘，唉……这可能都得归咎于贫穷吧。"

"难不成那些老爷的家就幸福美满吗？本分的人哪怕贫穷也能生活得很好。"

"唉……对。或许吧。还有一点，丽莎：人只喜欢计较自己的痛苦，却不想想自己得到了多少幸福。可如果认真计算一下的话，就会发现，每个人都是幸福的。如果家庭美满，上帝庇佑，丈夫又是个好男人，爱你，疼你，对你忠贞不贰，在这样的家庭生活该有多幸福啊！哪怕有时候喜忧参半也是幸福的，话说回来，谁家又没有本难念的经呢？说不定，等你嫁人后，你就知道了。然而，就拿你刚嫁给心爱之人的新婚时期来说，那时候多幸福啊！随时随地都被幸福包围着。刚开始的时候，就连争吵都是甜蜜的。有这样一种女人，越是爱丈夫，就越爱和他吵架。真的，我了解这样的人：'就是这样，我爱你，非常爱你，正因为爱你，所以我才折磨你，你应该感受到了呀。'人会因为爱而故意折磨另一个人，你知道吗? 这多半是女人。她会暗自想:'反正我以后会百般爱他，百般疼他，所以现在对他的折磨也就不是一种罪过了。'于是家里所有人都为你们开心，你们夫妻恩爱，心心相印，举案齐眉……也有一些爱吃醋的女人，如果丈夫离家去了某地，她(我就认识一个这样的女人)就会不住地胡思乱想，更会在深更半夜从床上跳起来，跑出去偷看: 不会在那儿吧? 不会在那儿①吧? 不会正和某个女人在鬼混吧? 这可真是太糟糕了。她自己也清楚，这很不好，可她的心无法平静下来，备受煎熬，要知道，这是因为她爱他，所有这一切都是因为她爱他。吵完架之后，两个人又和好如初，要么是自己向他认错，要么是接受对方的求和，这多好啊! 两个人又甜蜜起来，甜蜜得就像一切都重新开始了一样，就像他们再次相遇，再次爱上彼此，再次开始甜蜜的婚姻生活一样。因此，无论谁都不应该插手小两口之间的事儿，只要他们两个相亲相爱就好了。不论他们之间发生多大的争吵，都不应该请自己的亲生母亲来分说一二，更不应该互相揭短。他们应该自己内部解决。爱情是上帝的秘密，无论他们之间发生什么，其他人都应该听而不闻。这样会使爱情更神圣、更美好。两个人要互敬互爱，而'敬'是一切的基础。既然已经相爱了，既然因为爱情

① 指妓院。——译者注

而结了婚，爱情又怎么会消失呢！难道爱情就是留不住吗？不能留住爱情的情况很少。要是丈夫是一个善良正直的人，爱情又怎么会消失呢？的确，新婚宴尔的浓情蜜意时期总会过去，但未来的长相厮守会更加美好。那时，两人心心相印，携手并肩，共建和谐的家庭。两人坦诚相待，彼此之间不再有任何秘密，随后他们会生儿育女，生活中的每一个瞬间，哪怕是最困难的时候，也会让人觉得幸福无比，只要他们心中有爱，而且坚定无比。到那时，工作也是愉悦的，将自己的口粮省下给孩子，也是幸福的。要知道，孩子们会记住这份情，并在日后还你同样的爱，这相当于你在为自己储蓄。孩子们长大了，你会感觉到，你是他们的楷模，你是他们的靠山，即使你离开人世，他们这一生都会承载着你的感情和思想，因为是从你这里传承下来的，他们会逐渐变成你的样子。这是一件伟大的责任。这时候父亲与母亲怎么会不更加亲密无间呢？有人说，养孩子太难了？谁说的？这可是上天赐的福气啊！你喜欢小孩子吗，丽莎？我喜欢得不得了。你想啊，一个粉嘟嘟的小男孩，依偎在你怀里吃奶，哪个丈夫看到妻子抱着自己的孩子坐在那里会不动心呢！一个粉嘟嘟、胖乎乎的小娃娃伸开小手小脚，自在地躺着；小胳膊小腿都胖乎乎的，跟莲藕似的，小指甲干干净净、小小的，小得你都觉得好笑，那双小眼睛，仿佛他什么都懂。那小娃娃一边吸你的奶，一边扯着你的乳房玩。父亲一来，他就松开奶头，整个身体向后仰，看着父亲，冲着他笑（只有上帝知道这有多好笑了），然后又重新一口一口地吸起奶来。如果乳牙长出来了，他会一下子咬住母亲的奶头，用那双小眼睛斜着看向母亲，仿佛在说：'你看，我咬住啦!'当丈夫、妻子和孩子三个人在一起时，这难道不就是幸福吗？为了这样美好的时刻，许多事情都可以原谅。不，丽莎，首先要自己学会生活，然后才能去责怪别人!"

"必须有声有色，必须娓娓动听才能打动你!"我暗自想道。虽然我的这番话的确掺杂了真情，可我却突然脸红了。"如果她突然哈哈大笑的话，我又该往哪儿躲呢?"这个念头使我怒不可遏。在我的长篇大论临近结束的时候，我的确激动了起来，现在我的自尊心不知怎的感觉受到了伤害。沉默还在继续，我甚至都想推她一把。

"您有点儿……"她突然开口道，但又停住了。

不过我已经全都懂了，在她的声音里，有某种东西在蠢蠢欲动，不像之前那样生硬、粗鲁以及倔强，而有某种柔和、羞涩的情愫流露出来，她的这种羞涩甚至让我在她面前感到自惭形秽，开始内疚起来。

"什么?"我满怀柔情，好奇地问道。

"您……"

"什么?"

"您说的有点……像从书上读来的。"她说道。我甚至突然在她的声音里再次听出了嘲讽的意味。

这句话深深地刺痛了我,我没想到她会这么说。

我当时没明白过来,这是她在故意用嘲讽武装自己,这是那些腼腆、心地纯良的人常用的最后一招,以此来击退那些粗鲁、死缠烂打要进入他们内心的人,他们由于骄傲直到最后一刻都不会屈服,害怕在别人面前流露出自己的真情实感。由于胆怯,她好几次含糊其词,甚至出言嘲讽,最终下定决心表露出自己,我本来应该猜到这一点的。但是我却没有,我不由得生起气来。

"你等着。"我想道。

"唉,得了,丽莎,什么像从书上读来的,我从旁观者的角度来看，都觉得恶心呢。何况我还不是旁观者。如今所有这一切在我心里都已苏醒了……难道，难道你自己待在这儿就不觉得恶心吗？不，显然，已经习以为常了！鬼知道，习惯能把一个人变成什么样。难不成你还一本正经地认为你会容颜永驻，一直青春貌美，他们会把你一直留在这儿吗？这里的龌龊下流，我且不说……不过，我倒想和你说说你现在的日子，哪怕你现在年轻貌美，楚楚可人，心地善良，情感丰富，但，你知道吗，我刚醒过来的时候，我就为和你一起睡在这儿感到恶心！要不是喝醉了，谁会来这儿！你要是换个地方，像那些正经人一样生活，或许我不但会追求你，还会爱上你，会因你看了我一眼而欢欣不已，更不用说得到你的只言片语了。我会在大门边守护你，我会跪倒在你脚下，我会像看未婚妻那样看着你，甚至还会为此感到荣幸。我绝不敢对你有任何龌龊的念头。而在这里，我知道，只要我吹吹口哨，不管你愿不愿意，你都得跟着我走，不是我按照你的想法来，而是我要你干什么，你就得干什么。哪怕最低等的农夫受雇当工人，也还没有完全沦为奴隶，他知道他有个雇用期。你的雇用期呢？想想吧！你在这里都付出了什么？你被奴役的是什么？灵魂，灵魂啊，你无法主宰的灵魂，它和你的身体一起被奴役着！你将自己的爱出卖给任何一个酒鬼去糟蹋！爱情！要知道，这就是一切，要知道，这是

钻石，是少女最宝贵的东西，这就是爱情！要知道，为了得到
这份爱情，有人愿意为其粉身碎骨，万死不辞。可现在你的爱
又被视为什么？你整个人，从头到尾都被买下了，既然没有爱情
也什么都能做，那为什么还追求爱呢？要知道，对一个姑娘来
说，没有比这更大的耻辱了，你懂吗？对了，我听说，为了安抚
你们这些蠢女人，他们还允许你们在这找情人。要知道，这只
是在逗你们，一个骗局而已，这是一种对你们变相的嘲笑，可
你们却信以为真。那你那个情人呢，他又是真的爱你吗？我不
相信。假如他知道有人能随时把你从他身边叫走，他又怎么会
继续爱你呢！如果他对这无所谓的话，那他也不是什么好人！
他哪怕能有一点点尊重你吗？你和他有什么共同点呢？他只会嘲
笑你，偷走你的东西，这就是他对你全部的爱！他不打你就算
好的了。又或许，他会打你。如果你有一位情人的话，不妨问
问他会不会娶你。如果他没朝你吐唾沫或者打你一顿，也会看
着你哈哈大笑——而他自己可能也不值几个钱。你想想，你为
什么要在这里毁了自己一辈子呢？人家为什么让你喝咖啡，又让
你填饱肚子？他们有什么企图呢？换个正经的姑娘，这种饭，
她连碰都不会碰，因为她清楚，人们为什么给她饭吃。你在
这里欠了钱，你就会一直欠下去，欠到最后，直到那些客人们
开始嫌弃你为止。而这一刻很快就会到来，可别老指望着青

春貌美。要知道，这里的时间过得飞快。他们会把你撵出去。还不只是撵出去，在此之前，他们会长时间地对你横加挑剔，指责你，辱骂你，就好像不是你将自己的健康奉献给了老鸨子，不是你将青春和灵魂白白送给了她，反倒是你让她倾家荡产，让她只好去沿街乞讨，是你将她洗劫一空似的。这时，可别指望有人帮你说话，你那些朋友也会跟着攻击你，借机讨好老鸨子，因为这里的人都是奴隶，早就丢掉了良心和怜悯心。她们都已经堕落不堪，世上再没有比这更下流、更恶心、更侮辱人的了。你在这里付出了所有，你的一切，毫无保留，你的健康、青春、美丽和希望都献出去了，到了二十二岁，你看起来会像三十五岁的人，到时候你没生病就算好的了，到时，你可别忘了感谢上帝的保佑。要知道，你现在或许在想，反正你也没什么工作做，索性就纵情享乐吧！但是世上没有比这更累人、更折磨人的工作了，而且也从来没有过。你的心似乎也因为眼泪流得太多而疲惫不堪。当你被人从这撵出去的时候，你一个字都不敢说，甚至连半个字都不敢说，只能像个罪人那样走掉。你搬到了另一个地方，然后又搬到了第三个地方，然后又搬到了其他什么地方，最后搬进了干草市场。在那里，打人是不足为奇的事，这是那里的见面礼，客人如果不打你一顿的话，就不会和你亲热。你不相信那里会这么恶劣吗？那就

找个时间，去敲开那里的门，用自己的眼睛看看吧。我有一次
新年的时候，在那里看见一个站在门边的女人。她被打得号
啕大哭，因此为了戏弄她，他们把她推出门外，让她受点冻，
然后就关上了门。九点钟的早晨，她喝得醉醺醺的，蓬头垢
面，衣衫不整，浑身伤痕累累。她脸上涂满了脂粉，眼睛周围
乌紫，鼻子和嘴边还在流血，这是某个车夫刚刚打的。她坐
在石阶上，手上还拿着一条咸鱼，她号啕大哭着，哭诉自己那
'悲苦的一生'，边用那条咸鱼拍打着台阶。而台阶边则聚集
着一群车夫和醉醺醺的士兵，在调戏她。你不相信你也会变
成这样吗？我也不愿意相信，但你又怎么知道不会呢？或许十
年、八年以前，这个手拿咸鱼的女人从某处来到这里，当时
的她正值青春年华，就像一个天真纯洁的小天使，不知人世
险恶，每说一句话都会脸红。或许她也和你一样骄傲，动不
动就生气，不像其他姑娘那样，她把自己当成公主，她自己知
道，那个爱她的人和被她爱的人一定会幸福美满。你看，结果
怎么样？如果当她醉醺醺，衣不蔽体，用这条咸鱼拍打着脏兮
兮的台阶的时候，回想起了当初在父亲家里的纯真岁月，想起
当初去上学的时候，邻居家的儿子在路上守护她，并承诺会爱
她一辈子，会将自己的命运交到她手上，想起了他们曾约定好
要一辈子相亲相爱，并且等他们长大了就结婚！想到这些，她

会是什么感受？不，丽莎，如果你能像此前那个姑娘那样，在那里的某处，某个角落，在地下室里，死于肺痨，那倒是你的福气，真算得上有福了。你说，去医院？行，送你去医院，可如果老鸨子不放你走呢？肺痨是这样一种病，它不是寒热病，得这病的人直到最后一刻还心存希望，并说自己没病，一直自己安慰自己。这可如了老鸨子的意了。别担心，就是这样。你出卖了你的灵魂，而且还欠了钱，因此一个字也不敢多说。等你快死的时候，所有人都离你而去，和你断绝来往，因为还能从你身上得到什么呢？还会有人责备你，白白地占着地方，还不快死。口渴也求不来一口水，只能得到一通辱骂：'你这个下贱蹄子，什么时候断气啊，吵得人不能睡个好觉，整日哼哼唧唧，客人都烦了。'的确是这样，我自己就亲耳听过这样的话。他们把快要断气的你塞入地下室一个最阴暗的角落里，那里又黑又潮，当你一个人躺在那儿的时候，你翻来覆去想的是什么呢？你死之后，就会有陌生人来匆匆收尸，唠唠叨叨的，态度十分不耐烦，没有一个人为你祈祷，没有一个人为你惋惜，只想尽快把你这负担从肩上甩出去。他们草草买上一口棺材，将你抬出去，就像抬出那个可怜的姑娘那样，追悼会则在一个小酒馆办。墓坑中满是污泥、垃圾和湿雪——对你还用得着客气吗？把她放下去吧，瓦纽哈；这也是个苦命的人，把她倒放进去吧。收绳子，你这个冒失鬼。'好了，就这样吧。'好什么好？瞧，她还侧着身子躺着呢。她好歹也是个人，是不是？行了，就这样吧，填土吧。'他们甚至都不愿为你骂人了。他们快快地埋上湿润的、发蓝的黏土，就离开去小酒馆了……你这一生也就在这人世上画上了句号，其他人有孩子、父母、丈夫来上坟，可你呢，没有眼泪，没有叹息，没有追悼，这个世界上任何时候都不会有任何一个人来祭拜你，你的名字就此从世界上消失了，就好像你从未存在过，也从未诞生过！泥泞也好，沼泽也罢，当那些已经死了的人从棺材里爬出来的时候，你只能使劲敲自己的棺材板，喊道：'放我出去，好心人啊，让我再在世上活几年吧！我活过——却活得不像样子，我活得就像块破抹布，我的生活被人在干草集喝光了，放我出去，善良的人们啊，让我在这个世上再活一遭吧！……'"

我讲得情绪激昂，以至于喉头都要痉挛起来，于是……我猛地停了下来，害怕地微微欠起了身子，战战兢兢地垂着脑袋，忐忑不安地细听起来。我感到窘迫不已。

我早就预感到，我的话在她的心里激起了惊涛骇浪，让她伤心不已。我越是意识到这一点，就越想尽可能快地、高效地达到我的目标。装腔作势，我喜欢装腔作势，但也不仅仅是装腔作势……

我知道，我说得太咄咄逼人，故作姿态，甚至太过书生气，总之，除了"像从书上读来的"，别的我什么也不会。但我并没有因此感到难为情，因为我知道，我也预感到，她能听懂我的话，而且这个"书生气"可以助我达成我的目的。不过，现在达到效果之后，我却突然害怕了。不，我还从未见过如此的绝望！她脸朝下趴在床上，将脸埋进枕头里，双手抱着枕头。似乎那极致的绝望快要冲破她的胸膛。她那具年轻的肉体不停地发抖，仿佛在抽搐似的。积聚在胸膛内的悲戚挤压着她，撕扯着她，最终变成歇斯底里的尖叫和呼天抢地，向外宣泄了出来。这时，她更用力地将自己埋进枕头里：她不想有人在这里，不想任何人看到她的痛苦和眼泪。她咬紧枕头，甚至将自己的一只胳膊咬出了血（我后来看见了），或是用手指紧紧抓住她那已经散开了的辫子，就这样一动不动，屏住呼吸，咬紧牙关强忍着。我本想开口跟她说点什么，让她平静下来，但我又觉得我无能为力，突然身体打了个寒战，几乎是怀着恐惧的心情边摸索边跳下了床，我快速套上衣服，只想赶快离开这儿。屋子里一片漆黑，不管我怎么努力，就是没法快点把衣服穿好。突然，我摸到了一盒火柴和一个蜡烛台，蜡烛台上插着一支尚未点过的蜡烛。只是当烛光刚刚将房间照亮时，丽莎突然跳起来，坐在床上，扭曲的脸上挂着半疯癫的笑容，她近乎失神地望着我。我坐到她旁边，握住她的双手，她醒过神来，向我扑过来，似乎想抱我，但又不敢，于是在我面前默不作声地低下了头。

"丽莎，我的朋友，我真不该……请你原谅我。"我开口道，但她手指微微一动，用力地握住了我的手，我意识到，我说错了话，于是就不再说话了。

"这是我的地址，丽莎，来找我吧。"

"我会去的……"她语气坚决地低声说道，还是没有抬起头来。

"那我就走了，别了……再见。"

我站起身来，她也跟着站了起来，并且突然满脸通红，打了个寒战，一把抓起桌上的头巾，急忙给自己披上，一直围到下巴颏儿。做完这一切，她又痛苦地笑了，脸微微一红，面色异样地看着我。我心里一阵疼痛，急忙转身，飞快溜走了。

"请等一下。"她突然说道，当我快接近大门，走到门厅的时候，她拉住我的大衣叫住了我，急忙放下蜡烛，跑了回去，显然她想起了什么，或者想要给我看什么东西。她满脸通红地跑了回去，眼睛一闪一闪的，嘴角还带着微笑——这是怎么回事？我不由自主地就这么等着，过了一分钟，她回来了，眼神中带着一抹歉意，仿佛在为什么事情请求我的原谅。这已经完全不是之前那张脸了，眼神也不像之前那么阴郁、戒备、固执了。她现在的眼神是请求的、柔和的，同时还满含信任、温柔、羞怯。一般，孩子看到那些他们喜欢的或者对其有所请求的人时就是这种眼神。她的眼睛是浅褐色的，是一双非常漂亮、充满生气的眼睛，既能够流露出她心中的爱意，也能够显现出阴郁的恨。

　　她什么都没跟我解释——仿佛我是某种不用任何解释就能知晓一切的高级生物——往我手里塞了一张纸。她的脸在那一刻闪耀着一种天真烂漫、近乎孩童般的喜悦。我打开那张纸。这是某个医学院的学生写给她的信或者诸如此类的东西，一封用词讲究、辞藻华丽，同时又真挚诚恳的求爱信。我已记不清具体写的什么了，但我还清楚地记得在那些讲究的字词下流露出的真情实感，这是装不出来的。当我读完这封信的时候，抬头就看到了她那道炽热、好奇、孩子般迫不及待的目光。她的眼睛凝视着我的脸，迫不及待地等着——我会说些什么？她言简意赅地、快速地，又似乎高兴地、带点骄傲地向我解释道，有一次她在某处参加一个舞会，那是一个家庭舞会，在那里的都是"一些非常、非常好的人，都是有家室的人，什么都不知道，完完全全不知道"——因为她在这里人生地不熟，也就仅此而已……那时她还没有决定留下来，想着等把债还完了，就离开这里……"就在那里，她遇到了这个大学生，整个晚上都在和她跳舞。他们俩聊了一晚上。原来，他也是里加人，小的时候就认识她了，他们还曾经一起玩过，只不过那是很久之前的事了——他也认识她的父母，但对于这件事，她却一点儿也不知道，毫不知情，甚至也没怀疑过这点！舞会之后的第二天（三天前），他让一位和她一起参加舞会的女性朋友送来了这封信……而且……嗯，这就是全部情况了。"

说完这件事后，她就羞涩地垂下了那双亮晶晶的眼睛。

这个可怜姑娘啊，她还将这封信视若珍宝地保存着，刚才还飞跑去拿这个她唯一的珍宝，她不希望我走，因为她想让我知道有人在全心全意地爱着她，有人充满尊重地和她说过话。也许，这封信注定要藏在她的首饰盒中，然后就这样无疾而终。但是反正都一样，我相信，她会一辈子都将这封信当成宝贝，将它视为自己的骄傲和清白，而现在她想起了这封信，并将它拿了过来，因为她天真地想在我面前神气一把，在我心目中恢复她的形象，好让我对她刮目相看。我什么也没说，握了握她的手，就走了。我真是太想赶快离开这里了……我一路步行，尽管湿雪还在纷纷扬扬地下个不停。我筋疲力尽，既压抑又困惑。但是真理已经透过这困惑发出道道光芒。这令人生厌的真理！

不过，我并没有很快就心甘情愿地承认这一真理。

早晨，当我从几个小时酣畅淋漓的睡眠中醒过来的时候，一下子就想起了昨天一整天发生的事，我甚至吃惊于我昨天对丽莎的脉脉温情和所有这些"昨天的恐惧和怜悯"。"居然像个娘们儿似的反复无常、善心大发，呸！"我总结道，"我为什么还把我的地址给她了？要是她真来了，那该怎么办？不过，也好，就让她来吧，也没什么大不了的……"不过很明显，现在最关键、最重要的不在于此：我应该赶快，而且无论如何也要尽快挽救我在兹维尔科夫和西蒙诺夫那里的声誉。这才是现在的重中之重。这个早晨，我简直忙坏了，甚至都完全忘记了丽莎这个人。

首先，应该立刻还清昨天欠西蒙诺夫的钱。我决定索性破罐子破摔，向安东·安东诺维奇再借整整十五卢布。巧的是，这个早晨他心情非常好，我一开口，他就把钱借给我了。我一高兴，签字据的时候，就摆出了一副大剌剌的模样，毫不客气地将昨天的事说了出来，昨天"和一群朋友在巴黎饭店大吃大喝了一顿，为一位同学送行，甚至可以说，是我的儿时好友，而且您知道吗，他是个喜欢声色犬马之人，娇生惯养——嗯，不用说，出身望族，十分有钱，前途更是不可限量，为人机智聪明，讨人喜欢，很会与那些太太们打交道，您知道吗，我们喝了不少，'整整半打酒'和……"要知道，这没什么，这一切都说得极其轻松，漫不经心，语气中又带点扬扬自得。

回到家后，我马上给西蒙诺夫写了封信。

直到现在，每当我想起我这封信中绅士的、和善的、坦诚的口吻，我就自得不已。我这封信写得可真是措辞得体、用词讲究，最主要的是，完全没有多余的话——我把一切的错都归咎于自己。我为自己辩解道，"如果还允许我替自己分辩一二的话"，完全是因为我不善饮酒，第一杯我就醉了，这酒（似乎）在他们来之前就喝了，从五点到六点，在巴黎饭店等他们的时候。我主要请求得到西蒙诺夫的原谅，再请求他把我的这番解释传达给另外几个人，尤其是兹维尔科夫，我仿佛做梦一般隐约记得，我似乎侮辱了他。我还补充道，本来想亲自登门道歉，可是由于头疼，还有最主要的是，愧对大家。我尤其满意于这种"恰到好处的轻描淡写"，甚至几乎是漫不经心的口气（不过，非常得体），将这种漫不经心一下子诉诸笔下，胜于万千可能的理由，能让他们一下子明白，我对"我昨天的恶劣行为"自有一番独到的见解，完全、绝对不像你们各位可能想象的那样萎靡不振、垂头丧气，相反，我像一位自尊自重的绅士那样，冷静自持地看待这件事。有句话说得好，不以往事责好汉。

"要知道，这甚至还有几分西欧侯爵式的幽默呢。"我一遍又一遍地读这封信，欣赏来，欣赏去，"这可都是因为我是个满腹诗书、才华横溢的人！换作其他人处于我这种境地，怕是都不知道如何脱身了，可我却挣脱了出来，还开始大吃大喝，所有这一切都是因为，我是'当代满腹诗书、才华横溢之人'。况且，昨天的事都是酒在作怪。嗯……其实不是，不是酒在作怪。在五点到六点我等他们的时候，我一点酒都没喝。我对西蒙诺夫撒谎了，不知羞耻地撒谎了，就连现在也没感到羞耻。"

不过，管他的呢！重要的是，我敷衍过去了。

我在信里放了六卢布，封好信封之后，请阿波罗给西蒙诺夫送去。当阿波罗知道信里有钱之后，态度立马恭敬了一些，欣然答应去跑一趟。傍晚时，我去外面散步。我的头还在疼，从昨天开始就晕晕乎乎的。但随着暮色降临，天色变暗，我对事物的看法也变得变幻莫测、混乱不堪起来，紧随其后的是我的思绪，亦是如此。在我身体里、内心深处、良心里，有某种东西没有消亡，它也不想消亡，反而化为剧烈的痛苦表现出来。

我多半是在人最多、繁华的地方挤来挤去，例如，小市民街，花园街，尤苏波花园，等等。我平常尤其喜欢在夕阳下沿着这些街道走一走，因为这个时候形形色色的行人、商人和手工业者在完成了白天的活儿之后都在往家赶，每个人的脸上都一副忧心的表情，街上的人越来越多。我喜欢的正是这种廉价的忙碌，这种纯粹的平淡无奇。可这一次，街上拥挤的人群却强烈地刺激了我。我怎么也控制不了自己，也无法厘清思绪。我的内心深处，有什么东西在不断升腾、翻涌，让我痛苦不已，它甚至不肯平息下来。我心神不安地回到了家，我的心好像被什么罪恶给压住了。

有一个想法一直折磨着我，那就是丽莎会来。令我奇怪的是，在昨天的所有记忆中，关于她的记忆不知怎的尤其令我痛苦。其他的事，傍晚前，我就已经完全弃之脑后，不再理会了，唯有我写给西蒙诺夫的信还让我回味不已、满意至极。但是此刻，我不知怎的竟觉得不太满意，就好像丽莎这件事一直在折磨着我。"如果她真来了，那该怎么办？"我不停地这么想，"那又怎么了，无所谓，让她来好了。唉，只不过糟糕的是，她会看到我这窘迫潦倒的生活。昨天我在她面前表现得……那么有英雄气概……可是现在，唉！不过，这真是太糟糕了，我竟然如此落魄。房子简陋至极。而且我昨天竟然决定穿着那样一身衣服去赴宴! 我那漆皮沙发, 里面塞的纤维都露出来了! 我这身睡衣, 甚至衣不蔽体! 简直就是鹑衣百结……她会看到这一切, 也会看到阿波罗。这个浑蛋, 说不定还会侮辱她。他会对她横加挑剔, 就为了让我难堪。而我, 不用说, 会像往常那样张皇失措, 然后开始赔笑脸, 并且还会开始撒谎。哼, 真是无耻! 这还不是最无耻的! 还有比这更恶心、更下流的东西! 对, 更下流的东西! 又要, 又要戴上这卑劣、虚伪的面具了! ……"

想到这儿, 我突然怒上心头:

"怎么就卑劣了? 哪里卑劣了? 我昨天所说的话都是出自肺腑。我记得, 我当时也曾有真情实感流露。我就是想要唤起她心中高尚的情感……如果她哭了, 这是好事, 这将会起到很好的作用……"

但我终究还是无法平静下来。

当我回到家, 那时已经九点多了, 据我估计, 这个时间丽莎应该是不会来了, 但整个晚上我还是仿佛看见了她, 而且最主要的是, 我看到她以同一个姿态出现。这是我昨天印象最深的时刻: 当我用蜡烛照亮房间的时候, 看到她那张苍白、扭曲的脸, 以及那痛苦的眼神。那一刻, 她脸上的笑容是多么可怜, 多么不自然, 多么牵强! 那时的我还不知道, 即使在十五年后, 我印象中的丽莎还是那一刻带着那可怜、牵强、不必要的笑容的她。

第二天，我已经准备好将一切视为我的胡思乱想、神经紊乱，最主要的是我自己夸大其词的结果。我一直都能意识到我的这根弦特别脆弱，甚至有时候非常怕它："我总是夸大其词，问题就在这儿。"我每时每刻地跟自己如此重复道，但是话又说回来，"话又说回来，丽莎或许真的会来。"这就是我当时前思后想得出的结论。我整日惶恐不安，有时都要疯了。"她会来的！一定会来的！"我在房间里跑来跑去，边跑边大叫道，"今天没来，那明天就会来，而且一定能找到我！这些拥有纯洁心灵的浪漫主义就是如此可恶！哦，这些'可恨的感伤灵魂'是多么讨厌，多么愚蠢，多么鼠目寸光！唉，我怎么会不明白，怎么就好像不明白似的呢？……"但是，我就此停了下来，没有继续想下去，甚至觉得无地自容。

"只需要几句话，就几句话，"我顺便想道，"只需要几句话，只需要几句田园诗（那田园诗还是假的，从书上找来的，自己瞎编出来的），就能立马按照自己的想法改变一个人的灵魂。这就是少女的纯真！这就是朝气蓬勃的净土！"

有时候，我也会想，要不自己去找她，"向她说明一切"，并且请求她不要来找我。但是想到这儿的时候，我就升起一股火，以至于如果她突然出现在我身边的话，我会恨不得立刻掐死这个"讨厌的"丽莎，侮辱她，朝她吐唾沫，将她赶走，打她一顿！

然而，一天过去了，两天过去了，三天过去了——她还是没来，我也就渐渐放心了。每当九点之后，我就尤其精神抖擞，还会去散散步，有时候甚至开始甜滋滋地幻想："例如，我要拯救丽莎，就要让她常来找我，因此我跟她说……我要教她做人的道理，教授她知识。最后，我发现她爱上了我，疯狂地爱着我。我假装没看到她的爱意（不过，我也不知道，为什么要假装，可能是为了面子吧）。她羞涩不已又风情万种地扑倒在我脚下，浑身战栗，痛哭着说我是她的救星，说她爱我胜过世间的一切。我大吃一惊，但是……'丽莎，'我说道，'难不成你觉得我真的没有发现你的爱意吗？我什么都看见了，也都猜到了，但是我不敢第一个说出来，因为我对你产生过影响，也担心你会出于感激而故意让自己回应我的爱，强行唤出或许本不存在的感情，我不想这样，因为这是……蛮横……这样很不礼貌。（嗯，总之，这是我在胡说八道，而且还用了某种欧式的、乔治·桑式的、深奥的、高尚的口吻……）但是现在，现在——你是我的，你是我的小心肝了，你是如此纯洁，如此美好，你是我完美的妻子。'

请你以堂堂正正的女主人身份

勇敢、自由地走进我的家门！①

然后我们就开始过上幸福的生活，一起出国旅游以及等等，等等。"总之，我自己都觉得卑鄙下流，于是最后我把自己嘲笑了一番。

"他们可不会放她这个'贱人'出门的！"我想道，"要知道，似乎，他们甚至都不让她们散步，尤其是晚上（不知道为什么，我总觉得她应该是晚上过来，而且一定是七点钟）。不过，她说过，她还没有彻底沦为那里的奴隶，还有些特权，这说明，呸！见鬼，她会来的，一定会来的！"

还好，这个时候阿波罗干了点儿蠢事，让我分了神。他简直让我忍无可忍！他就是我身上的溃疡，是上帝派来折磨我的祸害。我们常常挖苦对方，已经连续好几年了，并且我恨他。我的上帝，我简直恨他入骨！似乎我这一生当中还没有像恨他一样如此恨过一个人，尤其是在有些时候。他是一个上了年纪的人，爱摆架子，曾经当过一段时间裁缝。但不知因为什么，他总是十分瞧不起我，甚至做得非常过分，总是一副高高在上的样子看着我，让人无法忍受。不过，他对所有人都是这副高高在上的样子。只要看看他那淡黄色、梳得光滑平

---

① 该句和第二章开头的诗取自涅克拉索夫的同一首诗，此处为该诗最后两句。——译者注

整的脑袋，看看他额前那绺挺立的头发，他还抹了不少菜油在上面，再看看他那张总是咧着的大嘴，你们会感觉到，站在你们面前的是一个任何时候都极度自信的人。他是一个对人对事过分挑剔的人，在这个世界上，他是我见过的所有人中最求全责备之人，甚至具有了只有马其顿国王亚历山大才会有的那种自尊心。他喜爱自己的每一粒纽扣，喜爱自己的每片指甲——他肯定喜爱，因为他的眼神就是这样！他对我的态度非常蛮横，很少和我说话，即使他碰巧看了我一眼，眼神也十分生硬、冷漠，一副神气活现的样子，目光中满是嘲讽，有时简直要把我逼疯。他在做本应该由他做的工作时，倒摆出一副像是在赐予我天大恩赐的样子。不过，他几乎什么事情也不为我做，甚至完全不认为自己有义务为我做什么事。毫无疑问，他认为我是世界上最大的傻瓜，而且他之所以"让我待在他身边"，也只是因为每个月可以从我这儿得到一笔工钱。他自己也同意在我这儿"什么也不做"，每个月从我这儿拿七卢布，因此才原谅了我的许多过错。有的时候，我对他的恨意是如此之浓烈，哪怕我就只是看到他走路的样子，我都会恨得直哆嗦。但是最让我厌恶不已的是他经常咬字不清。他的舌头比一般人的要长，或者是类似的原因，因此导致他发音不清楚，常常唏唑音不分，而且似乎他还特别引以为傲，觉得这让他面上非常有光，让他与众不同。他说话总是声音很小，语气从容不迫，双手背在背后，眼睛看着地面。当他在隔壁房间念《圣诗篇》的时候（他常常这么做），尤其使我恼火。就因为这事，我跟他吵了好几次。但他还是喜欢在晚上用低沉的声音念《圣诗篇》，语调平稳，一字一句地诵读，就好像在给已死之人念追悼诗似的。有趣的是，这最后竟然派上了用场，他现在受雇为亡者诵念《圣诗篇》，同时他还负责灭鼠和上鞋油的工作。但那时候，我没法把他赶走，就好像他和我之间已经发生了化学反应，我们合二为一地存在着。更何况，他自己怎么也不同意离开我。我无法住在家具齐全的高级住宅，我的公寓就是我的私邸，是我的保护壳，是我的套子，我在这里面躲避全人类，而阿波罗，鬼知道为什么，我总觉得他好像就是这间公寓的一部分似的，因此我整整七年里都没法赶他走。

例如，要想拖欠他的工钱，哪怕是两天，哪怕是三天，都是不可能的。他会狠狠地大闹一场，让我不知所措，不知道躲哪儿去好。但是这几天，我对谁都有气，因此我不知什么原因，也不知道为了什么，我决定惩罚一下阿波罗，先不给他发工钱，拖他两个星期。这个念头在我脑海里盘旋两年了，我早就想这么做了，就是想向他证明，他不应该对我摆出一副目中无人的样子，还有就是如果我想，随时都可以不给他发工钱。我决定不说这件事，甚至故意绝口不提，就是想压压他的傲气，让他自己先开口提工钱的事。到那时，我再从抽屉里拿出那七卢布给他看，让他知道我有钱，就是故意拖着不给他，因为我"不想，不乐意，就是不想给他发工钱，不想，因为就是不想"，因为"你得听我的"，因为他对我不敬，因为他行为粗鲁无礼；但是，如果他毕恭毕敬地求我，或许我心一软就把钱给他了；否则的话，我还会再拖两个星期，拖三个星期，甚至拖整整一个月……

然而，不论我如何气愤，最后还是他赢了。我甚至连四天都没能坚持下来。因为类似的事情常常发生，所以他熟练地采取惯常的做法，而且屡试不爽（我得指出，我已经提前知道这一切了，我也对他那卑劣的伎俩了然于胸），那就是，他一般先会用十分肃穆的眼神盯着我，一连盯好几分钟，尤其是当迎我回家或者送我离家的时候。比如说，如果我经受住这目光的压迫，并且装作视而不见的话，他就会一声不吭地进行下一步的折磨。他会像往常那样，当我在房间里踱步或者看书的时候，突然无缘无故地、悄无声息地、慢悠悠地进入我的房间，就停在门口，将一只手放在背后，伸出一条腿，然后将目光投向我，那目光已经不再肃穆了，而是满含轻蔑。如果我突然张口问他："有什么事？"他一句话也不说，只是目不转睛地盯着我几秒钟，然后有点异样地紧闭嘴唇，一脸意味深长的表情，在原地慢腾腾地转身，又慢腾腾地回到自己房间。过了两个小时，又再次走进来，一模一样地出现在我面前。有时我气急了，不会问他要干什么，直接陡然充满威严地抬起头来，开始目不转睛地回看他。我们常常就这样看着彼此，一看就是两分钟，最后他转过身去，不慌不忙又目中无人地走出去，再离开两个小时。

如果经过他这几番提点，我仍不懂事，他就会看着我突然叹起气来，那气叹得又长又深，似乎在用这叹气声来测量我道德堕落到何种程度了，自然，最后以他大获全胜而告终，我怒火中烧，大喊大叫，但是那件互不相让之事，还是不得不去做。

可这一次，他刚刚开始那惯常的"肃穆的眼神"，我就立刻暴跳如雷，朝他扑过去。我本来就已经一肚子火了。

"站住！"当他一只手背在身后，开始慢悠悠地、一言不发地转身回他房间的时候，我怒喊道，"站住！回来，回来，我叫你回来！"大概我的大吼声太反常，他竟然真的转过身了，甚至开始惊讶地打量我。不过，他还是一句话都不说，这简直把我气坏了。

"你怎么敢不经我的允许就进来，还用这样的眼神看着我？回答我！"

但他只是平静地看着我，过了大约半分钟，就又转过身去。

"站住！"我冲到他身边，喊道，"不许动！就这样。现在回答我，你走进来盯着我看干吗？"

"如果现在您有什么吩咐的话，按照我的职责，我会去办。"他回答道，又再一次沉默了，声音不大，语调平稳，依旧唏哩音不分，还扬起眉毛，波澜不惊地将头从一边转到另一边，所有这一切都做得惊人地平静。

"不是说这个，我现在不是在问你这个，刽子手！"我喊道，气得浑身颤抖，"我告诉你，刽子手，你为什么来这儿：你看到我没给你发工钱，自己出于自尊又不想低头，不想开口求我，于是用你那愚蠢的目光来惩罚我，折磨我，可你也不想一想，你个刽子手，真是愚蠢至极，愚蠢至极，愚蠢至极，愚蠢至极，愚蠢至极！"

他又一次沉默不语，并想要转身离去，但我一把抓住了他。

"听着，"我冲他喊道，"这就是钱，看见了吗，这就是你想要的那些钱！（我把钱从抽屉里拿出来）整整七卢布，但就是不给你，就是不——给——你，直到你恭恭敬敬地向我低头认错。听见了吧！"

"这做不到！"他带着有违常理的自信回答道。

"必须做到！"我喊道，"我向你发誓，可以办到！"

"可我没什么需要请求您原谅的，"他继续说道，似乎对我的喊叫浑然未觉，"就凭您骂我是'刽子手'，我可以去警察局告您侮辱我。"

"去吧！我求你去吧！"我吼道，"现在就去，立刻，马上！可你还是刽子手！刽子手！刽子手！"可他只是看着我，然后转过身去，不理会我的呼唤声，神态自若地回到自己房间去了，连头都没回。

"如果不是丽莎，就不会有这一切了！"我暗自认定。然后，我神气又庄严地站了几分钟，不过心却缓慢而有力地跳动着，我亲自到隔壁房间去找他。

"阿波罗！"我缓慢而有节奏，同时又气喘吁吁地说道，"现在就去找警察局局长，一刻也不要耽误！"

这时他已经在他的桌子旁坐下来了，戴着眼镜，在缝着什么东西。然而，听到我的命令后，他突然扑哧一声笑了出来。

"现在，马上去！快去，否则你可想象不到会发生什么事！"

"您真是疯了，"他甚至头都没抬，手上继续忙着穿针引线，嘴上依旧唏唑音不分，慢慢地说道，"上哪能看到这样的人，自己跟自己过不去，还闹着要去找长官？至于害怕，您就别嚷了，因为什么也不会发生。"

"你去啊！"我抓住他的肩膀大声喊道。我感觉，我现在马上就要动手打他了。

但我竟然没听到，这个时候门厅的门突然轻轻地、缓缓地开了，一个身影走了进来，停住脚步，一脸困惑地打量起我们。我抬头一看，脸霎时变得通红，接着便冲回自己房间了。进屋子后，我双手抓住头发，用头顶着墙，就这样僵在那里，一动不动。

大约两分钟后，传来了阿波罗那慢慢悠悠的脚步声。

"外面有个女人找您，"他说道。用十分严肃的眼神看着我，然后退到旁边，让丽莎进来了。他竟不愿走开，甚至嘲弄地打量着我们。

"走开! 走开!"我局促地对他命令道。这个时候，我的挂钟铆足了劲儿，沙哑地响了七下。

IX

请你以堂堂正正的女主人身份，

勇敢、自由地走进我的家门！

——涅克拉索夫

我站在她面前，垂头丧气，感觉被侮辱了似的，心里泛起一阵阵厌恶，整个人局促不安，似乎是笑了一下，我竭尽全力裹紧我那件破旧的棉睡衣的下摆，而这副样子和我之前在沮丧时所料的情形丝毫不差。阿波罗在我们旁边站了大约两分钟就走了，但我的心情并没有因为他的离开而感到轻松。最糟糕的是，丽莎也突然面红耳赤起来，这完全出乎我的意料。不用说，她是看见我这副样子才会这样的。

"请坐。"我机械地说道，将桌子旁边的椅子移到她面前，自己则坐在了沙发上。她马上就听话地坐下了，目不转睛地看着我，显然，她在等着我开口说话。她这份天真的期待让我怒火中烧，但我控制住了自己。

这时候最好竭力不去注意任何东西，就像一切都和平常没有分别，可她……我不安地感觉到，她会为这一切付出沉重的代价。

"你正好撞见了我的尴尬场面，丽莎。"我结结巴巴地开口道，心里也清楚，不应该以这个为话头。

"不，不，别多想！"看到她的脸一下子红了，我急忙喊道，"我并不以我的贫穷为耻……相反，我为我的贫穷感到骄傲。

我是个穷人，但却高尚……人是可以一边贫穷，一边高尚的。"我嘟哝道，"不过……你要喝茶吗?"

"不用了……"她刚开口道。

"请稍等!"

我跳了起来，跑去找阿波罗。总该找个地方躲一下。

"阿波罗，"我像寒热症发作似的轻声说道，将一直攥在手心里的七卢布甩到他面前，"这是你的工钱，你看，我可给你了，所以你也得救救我，马上去饭馆买点儿茶水和十片面包干。你要是不去的话，会造成一个人的不幸! 你不知道，这是一个什么样的女人……这——就这样吧! 你可能会想歪……但是你不知道这是一个什么样的女人! ……"

阿波罗当时在坐着干活，又戴上了眼镜，他一开始没放下针，默不作声地瞟了一眼那些钱，然后理也不理我，也没跟我说一句话，继续为那根没穿好线的针穿线。我等了约莫三分钟，站在他面前，像拿破仑那样双手紧贴裤缝。我的两鬓已经汗水淋漓，脸色也苍白起来，这个我感觉到了。但是，感谢上帝保佑，看见我这个样子，他可能动了恻隐之心。穿好线之后，他慢悠悠地从椅子上站起身来，缓缓地将椅子向后推了推，不紧不慢地摘下了眼镜，慢吞吞地把钱数了又数，最后侧过头来问我: 是不是买一整份茶点? 然后就慢条斯理地出门了。当我回丽莎那儿的时候，半路上我突然灵光一现：能不能就这样，穿着睡衣，直接跑掉，跑到哪儿算哪儿，管他以后会怎么样呢。

我又坐了下来。她不安地看着我。

我们就这样沉默了几分钟。

"我要打死他！"我突然叫道，用拳头重重地捶了一下桌子，连墨水瓶里的墨水都被震了出来。

"哎呀，您这是怎么了！"她被吓得哆嗦了一下，喊道。

"我要打死他，打死他！"我捶着桌子，尖声喊道，完全陷入暴怒之中，同时我也知道，这暴怒是多么愚蠢。

"你不知道，丽莎，这个刽子手对我来说是什么。他是我的刽子手……他现在去买面包干了，他……"

我一下子泪如雨下。这是一种突然的情绪爆发。我在这抽噎声中简直羞耻不已，但我已经无法控制自己了。她被吓了一跳。

"您怎么了！您这到底是怎么了！"她叫道，在我身边急得手足无措。

"水，给我水，就在那儿！"我用微弱的声音喃喃道，不过心里十分清楚，我根本不需要水，也完全犯不着用这微弱的声音喃喃。但我为了保住面子，不得不演了场戏，不过我那歇斯底里的情绪倒是真的。

她把水递给了我，惊慌失措地看着我。这个时候，阿波罗拿来了茶。我突然觉得这个普通而又乏味的茶真是太不体面，太穷酸了，于是，我的脸红了。丽莎害怕地看着阿波罗。他放下茶后，没有看我们一眼，径直走了出去。

"丽莎，你是不是瞧不起我？"我说道，目不转睛地看着她，我迫不及待地想知道她在想什么，急得我直发抖。

她脸红不已，什么也说不出来。

"喝茶！"我怒气冲冲地说道。我在生自己的气，不过，不用说，气都发在她身上了。一股针对她的可怕的愤怒突然在我心里沸腾起来，似乎恨不得杀了她。为了报复她，我在心里暗暗发誓，在整段时间里不和她说一句话。"她是这一切的祸胎。"我这样想道。

我们之间的沉默已经持续了五分多钟。茶放在桌子上，我们都没有碰它，我甚至故意不先开始喝，就是想以此让她更难堪；她自己又不好意思喝。她困惑地看了我好几次，面露难堪。我执拗地一言不发。当然，受罪的主要还是我自己，因为我完完全全意识到，我这种愚蠢地迁怒他人的行为是多么可恶、卑鄙，但与此同时，我又怎么都控制不了自己。

"我从那儿来……想……离开那里。"她开口说道，想要打破这沉默的局面。但是，可怜的姑娘啊！在这样尴尬的时刻，本就不应该以这个为话头呀，尤其不应该跟我这个浑蛋说。由于怜悯她的不善言辞和不必要的直率，就连我的心都开始酸痛起来。但是我内心深处却有一种丑陋不堪的东西，将这怜悯之情一扫而空，甚至更卖力地煽动我：让世界上的一切都滚蛋吧！又过了五分钟。

"我没打扰您吧？"她怯生生地开口道，声音小得几乎听不见，说罢就起身站了起来。

但我一看到这被侮辱的自尊心闪出的第一道火花，我就气得直发抖，话就这么脱口而出了。

"请你告诉我，你为什么来找我？"我气喘吁吁地开口道，甚至没有考虑我话语中的逻辑顺序。我想将想说的话一次性地都说出来，甚至不在乎先说什么后说什么了。

"你为什么来？回答我！回答我！"我近乎丧失理智地大喊道，"亲爱的，让我来告诉你，你为什么来。你来是因为我那时对你说了几句怜悯的话。于是你变得娇气起来，你又想听些'怜悯的话'了。不过你知道吗，我当时是在嘲笑你，知道吗。就连现在都在嘲笑。你在抖什么？没错，我当时是在嘲笑你！在那之前，我在餐桌上被人侮辱了，就是在我之前到你们那儿的那几个人。我到你们那儿去，本来是想将其中一个人，一个军官狠狠揍一顿，但是没揍成，没遇到他们，总得找个人出出气吧，把面子找回来，碰巧遇见你了，因此迁怒于你，将你狠狠嘲笑了一番。别人欺辱我，我也想要欺辱回去，我被人任意揉搓成了一块破抹布，因此我也想展现一下我的能耐……这就是那天的经过，可你却以为我当时是有意去救你的，是吗？你是这么想的吗？你是这么想的吗？"

我知道，她也许脑中一片混乱，不明白其中各个细节，但我也知道，她一定能理解事件的实质。事实的确如此。她脸色惨白，就像洁白的手帕似的，她似乎想说点什么，她的嘴唇病态地扭曲了一下；但是，她就像腿被斧子砍了一下似的，猛地跌坐回椅子上。之后她就一直在听我说，张着嘴，瞪着眼睛，惶恐不安地浑身哆嗦。恬不知耻，我话里透出的恬不知耻把她压倒了……

"拯救你！"我从椅子上跳起来，在她面前，在房间里走来走去，继续说道，"为什么要拯救你！说不定，我比你更惨呢。当我滔滔不绝地对你进行说教的时候，你为什么不唾弃我，说：'那你呢，说说看，你又为什么来我们这儿？难不成是来找我们说教的？'操控感，当时我需要操控感，需要一场游戏，需要让你泪流满面、让你感到侮辱、让你歇斯底里——这就是我当时想要的东西！要知道，我当时自己也撑不住了，因为我是个败类，当时害怕得不得了，鬼知道我为什么一时糊涂就把我的地址给你了。后来我还没到家，就因为给你地址这件事把你大骂了一通。我已经恨上你了，因为我对你撒谎了。因为我只是玩玩文字游戏，在脑子里随便幻想幻想，你知道吗，实际上我想要的是：你们全都滚蛋、消失，这就是我想要的！我需要安静。而我为了不被打扰，甚至可以将这整个世界贱卖掉。是让这个世界完蛋？还是不让我喝到茶？如果要在二者中选其一，我会说，只要能让我喝上茶，就让世界完蛋吧。你知道这个吗？嗯，我知道我是个无赖、恶棍、自私鬼、懒汉。我这三天里一直惶惶不可终日，就是担心你要来。你知道，在这三天里我最担心的是什么吗？我当时一直在你面前摆出一副英雄的姿态，可现在却让你看到了我穿着这件破睡衣的样子，看到我是个乞丐，是个下三烂。我很早之前就跟你说过，我不以自己的贫穷为耻，但你现在应该知道了，我其实为此感到非常耻辱，并视之为奇耻大辱，远胜过偷窃，因为我这人十分虚伪，虚伪到就像被人剥去一整张皮，一碰空气就疼。难道你现在还没想到，我永远也不会原谅你了，因为你撞到我穿着这个破睡衣，碰到我像只恶犬似的去找阿波罗。一位能让人复活的人，一位曾经的英雄，居然像只长毛癞皮狗似的，扑向自己的仆人，而后者还在嘲笑他！我永远不会原谅你，因为我像个被侮辱的娘们儿似的在你面前痛哭流涕，泪流不止！现在，我可以向你承认，我永远不会原谅你！没错，你，你应该为此负全责，因为你碰巧都撞到了，因为我是恶棍，因为我是世上所有下贱货中最恶劣、最可笑、最渺小、最愚蠢、最善妒的那个人，其他人一点儿不比我强，但是鬼知道为什么他们从不感到羞愧，我却一辈子受尽各种混账气，这也正是我的一大特点！我说的这些话你一句也听不懂，又与我有什么关系！你会不会死在那里，这又和我有什么关系！你懂不懂，我跟你说了这么多，因为你在这里，并且听到了我的这些话，我现在有多恨你！要知道，人这一辈子只有一次会这样直率地抒发自己的思想，而且还是在歇斯底里的时候！……你还要什么呢？在听完这些话之后，你为什么还杵在我面前，折磨着我，不走呢？"

然而，这时突然出现了一个奇怪的情况。

我已经习惯了按照书本来思考和想象一切事物，习惯了将世上的一切都视为我自己之前的臆想，因此我甚至没有一下子明白过来，当时这个奇怪的情况到底是怎么回事。发生的是这样的事：被我羞辱，难堪不已的丽莎懂的远比我想象的多。她从这一切中懂得了，一个女人如果全心全意地爱着一个人就会首先懂得的东西，那就是：我本身也很不幸。

她脸上的惊恐和屈辱感开始被痛苦和震惊取代。当我开始
称自己为恶棍和无赖的时候，当我开始泪如雨下的时候（我是
一边哭着，一边说完那一大段话的），她的脸抽搐了一下。她想
站起来，不让我继续说下去，当我说完"你为什么还杵在我面
前，……不走呢?"，她没有在意我对她的叫嚷，反而在想我说
这些话心里该多么难受。真是个逆来顺受的姑娘，可怜啊，她
认为自己比我低贱得多，又怎么敢生气，怎么敢发火呢? 在一
阵难以遏制的激动中，她突然从椅子上跳起来，整个人向我扑
过来，不过还是怯生生地，只是向我伸出了双手……顿时，我
心里波涛汹涌起来。这时，她猛地冲向了我，双手捧住我的脸
颊，开始哭泣。我也情不自禁地号啕大哭起来，我还从来没有
如此失态过……

"他们不让我……我没法做一个……好人!"我抽抽搭搭地
说道，然后走到沙发那儿，倒在上面，在彻底的歇斯底里中放
声大哭了约一刻钟。她跟着我倒在了沙发上，紧紧依偎着我，
双手搂着我，就这样一动不动地待着。

不过问题依旧在于，歇斯底里的情绪爆发总会过去。于
是（要知道，我写的是极度丑恶的真实），我脸朝下地趴在沙发
上，将脸深深埋进我那破烂不堪的皮靠垫里，我开始慢慢地、
隐隐约约地、不由自主地，但又止不住地感觉到，我现在已经

没脸再抬起头来直视丽莎的眼睛了。我在为什么感到羞耻？不知道，但我就是觉得无地自容。在我惊悸不安的头脑中突然出现了一个想法：我们俩的角色到头来竟然对换了，她现在成了一位女英雄，而我则变成了一个受尽屈辱和压迫的人，正如四天前那个晚上站在我面前的她……在我趴在沙发上的时候，就不由得想到这一切了！

我的上帝！难不成我那时候就已经开始羡慕起她了？

我不知道，直到现在，我还是无法确定，而当时肯定比现在还糊涂。要是不能操纵别人，也不能横行霸道的话，我可就没法活了……但是……但是，要知道，纸上谈兵可什么都解决不了，因此，也就无须纸上谈兵了。

然而，我还是克制住了自己，抬起了头，反正迟早得把头抬起来……于是，我直到现在都坚信，正是因为我羞于见她，我的心才会突然燃起另外一种感情……一种统治感和掌控感。我的双眼猛地一亮，燃起欲火，我紧紧地抓住她的双手。这一刻，我是多么憎恨她，同时又是多么迷恋她啊！这两种感情你增我长，互不相让。这几乎就像是一种报复！……她的脸上先是流露出困惑甚至是害怕的神情，不过转瞬即逝。然后她欣喜若狂又充满热情地抱住了我。

过了一刻钟，我搓手跺脚地在房间里来回踱步，不时跑到隔板处，透过缝隙看丽莎在做什么。她坐在地板上，低垂着头靠在床上，应该是在哭。但她还是不走，这就激怒我了。这一次她已经知道了一切。我彻底侮辱了她，不过……没什么可说的了。她已经猜到了，我那突如其来的情欲就是一种报复，是对她的一种新的侮辱，而且，我刚才的憎恨并没有具体的对象，但是现在加上了一种对她本人的充满嫉妒的恨……不过，我不能确定，她是不是对此一清二楚，不过她彻底明白了，我是一个卑鄙小人，最重要的是，我无法爱她。

我知道，别人会对我说，这不可能——不可能像我这么恶毒又愚蠢，还会再加上一句，不可能不爱她，至少不可能不珍惜她的这一片情谊。为什么不可能？首先，我已经没有能力再爱人了，因为，我再说一遍，我的爱意味着横行霸道和精神上的折磨。我这一辈子都无法想象还有别的爱，甚至有时候我觉得，爱情就是心甘情愿地拱手让出对其实施欺辱的权利。我在地下室的幻想中想象的那些所谓的爱情，不过是一种搏斗，它始于愤恨，终于精神上的征服，而之后该拿被征服的对象怎么办，我就不知道了。再说有什么不可能的呢，我已经如此道德败坏了，以至于我已经不再习惯于"活生生的生活"①了，之前我还想责备她，让她难堪，说她来找我只是想从我这儿再听到点"怜悯的话"，但我却没有料到，她来这儿完全不是为了听几句怜悯的话，而是想来爱我，因为对一个女人来说，爱情就是一切，爱情就是复活，是将其从灭亡中拯救出来的救星，是一切重生，除此之外，再无其他。不过，当我在房间里来回踱步的时候，通过屏风的缝隙观察她的时候，我已经不那么恨她了。我只是因为她在这里，感到难以忍受罢了。我想她能赶快消失。我想要"安静"，想要一个人待在地下室里。"活生生的生活"让我如此不适，让我压抑不已，以至于喘不上气来。

但是过了几分钟，她还是没有站起来，就好像陷入了昏迷似的。我无耻地轻轻敲了敲隔板，想提醒她……她突然猛地一哆嗦，从原地站了起来，跑去找自己的头巾、自己的帽子和大衣，似乎急着躲开我，想逃到什么地方去……两分钟后，她缓

---

① 这一概念在 19 世纪的文学和政论作品中很常见。"……活生生的生活，也就是说，不是精神上的，也不是臆造的……它应该是非常简单，最平凡却又最引人注目的东西，每分每秒都存在的东西……"

缓地从隔板后走了出来，沉痛地看了看我。我恶毒地笑了一下，不过笑得很勉强，因为只是出于礼貌，我避开了她的目光。

"再见。"她说着，就向门口走去。

我突然跑向她，一把抓起她的手，掰开了它，放了……然后又把她的手握上。接着立刻转过身，飞快跑到另一个角落里，生怕看见……

我本来想立刻撒个谎，谎称我这样做是无意的，是一时失误，由于惊慌失措才做出了这件糊涂事。但我不想撒谎，因此就直说了，我掰开她的手，放了……我是出于恶意这么做的。当我在房间里走来走去，而她还坐在隔板后面的时候，我就想这么做了。但是我可以确定地说，我做出这件禽兽不如之事，尽管是故意为之，但也不是出自本心，而是由于我那愚蠢的脑袋。这件禽兽不如的事纯粹出于无病呻吟，出于我的臆想和刻意为之，还出于我的迂腐，我自己连一分钟都忍受不了，我一开始跑到了角落里，怕看见她的脸，后来我又带着愧疚和绝望跑出去追她。我打开通往过道的门，并开始仔细听。

"丽莎！丽莎！"我对着楼梯喊道，但是不敢大声，而是低着声音喊……

没有回应，我觉得，我似乎听到了下面台阶上有她的脚步声。

"丽莎!"我更大声喊道。

没有回应。但是就在这时,我听到楼下那扇关得紧紧的、通向大街的玻璃门吃力地咯吱一响,打开了,接着又砰的一声紧紧地关上了。响声直顺着楼梯传了上来。

她离开了。我沉思着回到了房间,心里十分难受。

我站在桌子旁她坐过的那张椅子那儿,茫然地望着前方。过了一分钟,我忽然打了一个寒战,在我的正前方,桌子上,我看见了……总之,我看到了一张皱皱巴巴的、蓝色的五卢布钞票,正是一分钟前我塞到她手里的那张。就是那张钞票,不可能有其他的,家里没有其他的钞票了。或许,她是在我躲到另一个角落的时候,把它扔到桌子上的。

怎么办?我早预料到,她会这么做。预料到了吗?没有。我是个十足的利己主义者,实际上也十分不尊重别人,因此我根本不会想到她会这么做。这使我无法忍受。刹那间,我像个疯子似的,冲过去穿衣服,随后随手抓起一件衣服披在身上就急忙跑出去追她了。当我冲到大街上时,她才走了不到两百步。

街上一片寂静,大雪纷纷,一片片雪花几乎垂直落到地面,给人行道和空旷的大街铺上了一层洁白的软垫。大街上空无一人，也听不到任何声响。路灯闪着忧郁又无助的光。我跑出去二百步，到十字路口停了下来。

"她去哪儿了？我为什么要追她？为什么？向她下跪，追悔莫及地号啕大哭，边亲吻她的脚，边请求她的原谅！我不想这样，我的心碎成一片一片的，我永远，永远也不会内心平静、毫无波澜地回想起现在这一刻了。不过，'为什么？'"我暗自想道，"难道就因为我今天亲了她的脚，明天也许就不恨她了？难道我能给她幸福吗？难道我今天不是再一次（第一百次）认识到自己几斤几两了吗？难道我不会对她百般折磨吗？"

我站在雪地里，凝视着雾茫茫的夜色，想着这一切。

"还不如，还不如，"到家以后，我又开始了幻想，试图用这幻想平息心里的刺痛，"还不如让她就这样带着这屈辱走掉，这不是更好吗？要知道，屈辱是净化剂，是一种最尖锐、最痛苦的意识！明天我就能玷辱她的灵魂，让她心力交瘁。而这屈辱将会永存她心中，不论未来正在等着她的是多么丑恶的龌龊，这屈辱将会用仇恨……来提升和净化她的心灵……嗯……或许，还有宽恕……呃，话又说回来，这一切会不会让她更轻松些呢？"

可实际上，我现在已经给自己提出了一个无聊的问题：廉价的幸福和崇高的痛苦，哪一个更好？你说说看，哪一个更好？

那天晚上，我坐在家里，恍惚间觉得，这内心的痛苦似乎要将我折磨个半死。我还从未忍受过如此强烈的痛苦和悔恨，但是当我从公寓里跑出来的时候，难道不会怀疑我跑出家后，会半路再回来吗？自此以后，我再也没有见过丽莎，也没有听到过她的任何消息。我再加上一句，尽管当时的我差点没有因苦闷而病倒，但我一直以来都是"屈辱和仇恨有益论"的簇拥者。

即使是现在，已经过去许多年了，当我想起这一切的时候，还是感到非常难受。现在有许多事令我想起来都难受，但是……是不是该结束我这部《手记》了呢？我觉得我动笔写它就是一个错误。起码我在创作这部小说的过程中，无时无刻不感到羞耻，因此，这已经不是文学了，而是一种起教化作用的刑罚。要知道，举个例子来说，写一些冗长的小说，描写我如何苟安一隅，因为道德败坏、环境恶劣、脱离活生生的生活以及爱慕虚荣而在地下室里蹉跎一生，我对天发誓，这真是太乏味了，小说里应该有一个英雄，可这里却故意安排了所有反英雄的特点，而最主要的是，所有这一切会给人带来很不好的印象，因为我们所有人都脱离了生活，每个人都是不完美的，都有或多或少的缺陷。我们甚至脱离生活至这样的程度，以至于有时候会对真正的生活产生厌恶之情，因此当别人跟我们提起它的时候，我们就会觉得受不了。要知道，有过之而无不及的是，我们将"活生生的生活"视为一种劳动，几乎当成了一份工作，我们都暗暗同意，还是照着书上行事更好。那为什么我们有时候还要忙活个不停，为什么还要随着性子地胡闹呢，为什么还要有所诉求呢？我们自己也不知道为什么。如果我们无理取闹的要求得到满足的话，我们只会变得更糟。嗯，你们试试看吧。嗯，比方说，给我们更多的独立性，让我们每个人都放开手脚，扩大我们的活动范围，放松对我们的保护，我们……我敢向你们保证，我们一定会马上请求回到之前的管束之中。我知道，你们或许会因此对我勃然大怒，跺着脚冲我破口大骂："您说的是您自己一个人的事，还有您在地下室的悲惨遭遇，请不要说'我们所有人'。"请原谅，各位，要知道，我不是在用"我们所有人"这个字眼为自己辩解。至于我自己，要知道，我只不过是把我的生活中那些你们连一半都做不到的事情发展到了极致，你们甚至还将自己的胆怯视为明智，就这样自我安慰、自欺欺人着。因此，我可能比你们"更有人气儿"。请你们仔细看看吧！要知道，我们甚至不知道，现在这有人气儿的东西在哪，它是什么，叫什么？如果把我们单独留下，让我们远离书籍，我们就会立刻乱作一团，张皇失措，不知道该追随什么，奉行什么，爱什么和恨什么，该尊重什么和蔑视什么？我们连做人，做个真正有血有肉的人都觉得心力交瘁，甚至会为此感到羞愧，引以为耻，并竭力做一个子虚乌有的泛人类。我们都是死胎，而且我们早已不是由那些活生生的父辈所生了，我们也越来越喜欢这一点，兴致日渐浓烈。很快我们会想出如何从思想中诞生。但是，就说到这儿吧，我不想再写《地下室》了……

————

不过，到这里，这位奇谈怪论者的《手记》还没结束。他没有放下笔，又继续写了下去。但是我们认为，可以在这里打住了。